WOLF HAAS

# JUNGER MANN

Roman

Hoffmann und Campe

1. Auflage 2018

*www.hoca.de*
Satz: Dörlemann Satz, Lemförde
Gesetzt aus der Chaparral
Druck und Bindung: CPI books GmbH, Leck
Printed in Germany
ISBN 978-3-455-00388-8

HOFFMANN
UND CAMPE

*Ein Unternehmen der*
GANSKE VERLAGSGRUPPE

# 1

Mit vier Jahren brach ich mir zum ersten Mal das Bein. Mein großer Bruder hatte zusammen mit seinen noch größeren Freunden und deren noch größeren Brüdern eine Sprungschanze gebaut. Eine Schanze baute man, indem man eine Schaufel organisierte und Schnee auf einen Haufen schaufelte. Dann trampelte man darauf herum. Dann fuhr der Beste los und sprang am weitesten. Nach ihm der Zweitbeste am zweitweitesten. Zuletzt mein Bruder. Dann ich.

Ich ging in eine sehr tiefe Hocke, weil mir bekannt war, dass die Anfahrtsgeschwindigkeit so am höchsten wurde. Man duckte sich unter dem Luftwiderstand hindurch, der über einem ins Leere fuhr wie beim Schwergewichtsboxen der schlecht platzierte Haken eines zu ungestümen Gegners. Man war gleichzeitig Boxer und Schispringer. Je höher die Geschwindigkeit, umso weiter der Flug. Das war ein klarer Zusammenhang. Den Kopf senkte ich so tief, dass ich zwischen meinen Knien nach hinten schauen konnte. Rückwärts durch die Knie betrachtet war die Welt immer am interessantesten. Doch damit konnte ich mich jetzt nicht beschäftigen. Es ging nur darum, im richtigen Moment aufzublicken. Im allerletzten Moment. Nur mit Gefühl und Gehör und dem Gespür in den Nackenhaaren wurde das Näherkommen der Schanze analysiert. Und mit den Augen, die man im Hinterkopf hatte. Das Aufblicken durfte mich erst in dem Moment bremsen, wo ich die Luft durch meine Entfaltung in einen mich tragenden Luftpolster verwandelte.

Doch als ich den Blick hob, ergriff mich eine unvorhergesehene Nachdenklichkeit. Es war nur die halbe Wahrheit, dass man eine Schanze baute, indem man Schnee auf einen Haufen schaufelte und zu einer eleganten Absprungrampe zusammentrampelte. Die andere Hälfte der Wahrheit lag als Loch neben der Schanze. Der Schnee, den man aufschaufelte, musste schließlich irgendwo herkommen. Direkt neben dem Aufgeschaufelten gähnte das Ausgeschaufelte. Unmittelbar neben der Schanze klaffte der abgründige Schatten ihrer selbst. Der Blick, der mich über die herausragende Schanze in die Ferne ziehen sollte, wurde seinerseits von dem dunklen Abgrund angezogen, der sich als Preis unseres Aushubs gebildet hatte.

Es war zwei Tage vor meinem vierten Geburtstag, als ich diese Zusammenhänge durchschaute. Ich war der weltberühmte Schanzenspringer, der auf die Schanze aus Schnee zuraste und den Blick hebend folgende Erfahrung machte. Wenn man zu viel über das schanzenförmige Loch neben der Schanze nachdenkt, greift eine unsichtbare Hand nach deinen Schispitzen und zieht sie Richtung Loch.

Später kam ich weinend in der Schneegrube zu mir und bestaunte die schaulustigen Schifahrer, die mich vom Grubenrand aus bestaunten. Mein Geschrei musste sie angelockt haben. Manche der Gesichter waren mir bekannt, andere sah ich zum ersten Mal. Sogar der Tscho bremste sich rasant ein und blickte interessiert herab. Er beobachtete, wie die Kristalle des funkelnden Pulverschnees sich auf mich senkten. Ich beobachtete umgekehrt den Tscho durch das Pulverschneefeuerwerk, das er mit seinem Bremsschwung über mich gekantet hatte. Der Tscho war der beste Schifahrer außerhalb des Fernsehens und der älteste Bruder unseres Weitenrekordhalters.

»Schaut, ob er noch auftreten kann!«, sagte er zu seinem kleinen Bruder.

Der Tscho war fünf Jahre älter als sein Bruder, der sechs Jahre älter als ich war. Er machte schon eine Lehre. Deshalb war allen Beteiligten klar, dass er nicht direkt mit mir verhandeln konnte.

»Das hat er schon probiert«, bekam er von seinem Bruder, dem Unterhändler meiner Schmerzen, zur Antwort.

»Und?«, fragte der Tscho, nicht ohne vorher den Rotz aufzuziehen.

»Geht nicht. Er fällt um.«

Kommentarlos fuhr der Tscho davon. Entweder war seine Mittagspause vorbei, oder er sah meine Mutter wütend daherstapfen. Aus meinem Schneegrab verfolgte ich die Eleganz seiner Schlittschuhschritte, mit denen er schon Fahrt aufnahm, während er noch dabei war, seine Hände in die Schlaufen der Stockgriffe zu fädeln. Angeblich hatte er auch schon eine Freundin. Und sein Moped auf einen Siebziger auffrisiert.

Meine Mutter trug mich nach Hause, und der Arzt gipste mich ein, und die Nachbarn und Tanten schenkten mir Schokolade: Mars und Nuts und Milky Way, aber auch Bounty und gewöhnliche Milka. Zur Unbeweglichkeit gegipst und mit Süßigkeiten überhäuft, nahm ich zu. Wie ein Boxer, der vom Fliegengewicht direkt ins Schwergewicht aufsteigen will, ohne einen einzigen Kampf im Bantamgewicht zu absolvieren, ohne im Weltergewicht auch nur einen Gegner auf die Bretter geschickt zu haben, futterte ich mich durch äußerste Disziplin auch am Mittel- und Halbschwergewicht vorbei direkt in die Königsklasse.

Die Leute sagten: Kein Wunder, dass er sich immer die Knochen bricht, wenn er so ein dicker Wuzel ist. Das »immer« bezog sich darauf, dass ich auch die folgenden Winter mit Gipsbeinen durchschritt. Von den Zehen bis zur Hüfte eingegipst, humpelte ich voller Autogramme meiner Schulfreunde durchs Leben und machte eine interessante Entdeckung. Wenn es unter dem Gips juckt, kann man sich nicht kratzen. Aber irgendwann hört es von selbst wieder auf.

# 2

Acht Jahre, vier Gipsbeine und eine Tonne Schokolade später begann ich, in den Sommerferien als Tankwart zu arbeiten. Ich war zwar erst zwölf, aber da ich einen Kopf zu groß und 20 Kilo zu schwer und mehrere Watschen zu gescheit war, füllte ich meinen roten Shell-Mantel gut aus.

Ich tankte Diesel in die Sattelschlepper wortkarger Teheranfahrer und in die Traktoren o-beiniger Bauern, Normal in die Ford Escorts verwegener Handwerksgesellen und in die Renaults glamouröser Friseurinnen, Super in die neuesten Flitzer alkoholisierter Wirtssöhne, deren Väter auf der Wolkenfederung ihrer grauen Mercedeslimousinen zur Dieselsäule schaukelten.

Am Zerquetschungsgrad der Wespen und Fliegen auf den Windschutzscheiben konnte ich die Raser von den besonnenen Fahrern unterscheiden. Manche Insekten waren so mit der Scheibe verschmolzen, dass man ein Schwammerl wurde, bis man die Krusten weggeschrubbt hatte. Die Meisterschaft eines Tankwarts aber zeigte sich erst beim Wasserabziehen. Blieb ein Streifen zurück, war man blamiert für die Ewigkeit. Tröpfelte das abgestreifte Wasser über die Fensterkante auf den Lack hinaus, konnte man sich überhaupt heimgeigen lassen.

An den Zusatztanks erkannte ich die Teheranfahrer. Unterwegs wussten die nie, ob sie rechtzeitig zu einer offenen Tankstelle kamen. Der Tscho hatte sein auffrisiertes Moped gegen einen Scania mit 350 PS getauscht. Während ich ihm 400 Liter Diesel in den Tank und 800 Liter in die Zusatztanks füllte, dackelte der Chef daher und rauchte mit ihm eine filterlose Zigarette direkt vor dem Schild »Rauchen strengstens verboten«.

Der Chef war der lässigste Raucher einschließlich des Fernsehens. Er hielt seine filterlose Austria Drei zwischen Daumen und kleinem Finger, weil er die drei mittleren Finger im Krieg verloren hatte. »In Skandinavien vergessen«, sagte er und kicherte wie eine Ziege, was gut zu seiner kleinen, drahtigen Gestalt und seinen O-Beinen passte. Und zu seiner Stoppelglatze, über die er sich beim Lachen immer kurz strich, vielleicht um sich in der Handfläche zu kitzeln. Zum Öffnen feststeckender Tankdeckel war seine Zange aus Daumen und kleinem Finger ideal. Biss ich mir an einem verklemmten Deckel die Zähne aus und hatte auch der Kunde seine Kräfte erprobt, seine Finger verdreckt und sein Hemd versaut, musste der Chef geholt werden. Schon die rasch dackelnde Maschinerie seiner Knickerbockerschritte strahlte einen unwiderstehlichen Optimismus aus. Auch dieser Tankdeckel würde seiner Fingerzange nicht gewachsen sein. Angesichts der Mühelosigkeit, mit der er den Deckel aufzauberte, wirkte seine typische, nach hinten gestreckte Tankdeckelöffnungshaltung fast übertrieben, ergab sich aber aus der Notwendigkeit, die im Mund steckende Dreier möglichst weit vom Tank wegzuhalten.

Zwischen solchen Notfällen verschwand er oft stundenlang in seinem an die Tankstelle angebauten Haus. Er wusste, dass er sich auf mich verlassen konnte. Schon am dritten Ferientag hatte er mir das Geld anvertraut. Ich war ein weltberühmter Tankwart mit dem Mantra »Öl, Wasser, Luft in Ordnung? Batterie okay?«. Diese tausendmal gestellte Frage war bald wie ein Körperteil von mir. Ein automatisches Vibrieren meiner Stimmbänder. Nur dass ich sie noch ohne Stimmbruch sprechen musste, störte mich gewaltig. Ich drückte die Stimme, so tief ich konnte, bekam aber nur Halsweh davon und konnte kaum noch fragen: »Öl, Wasser, Luft in Ordnung? Batterie okay?«

Die Kunden nannten mich respektvoll »Junger Mann«. Außer jenen Vollidioten, die mich »Fräulein« nannten. Wie blind konnte ein Mensch sein, dass man mich für ein Fräulein hielt, nur wegen der Frisur. Schließlich lebten wir im Jahr 1973. Vielleicht lag es auch an der roten Farbe des Arbeitsmantels der Firma Shell. Mit der gelben Muschel direkt über meinem Herzen. Durch längeres Nachdenken kam ich zu der Einsicht, dass es sich um ein Kompliment handelte. Ich war einfach ein zu tüchtiger Tankwart für meine kindliche Stimme. Die Kunden mussten ihre Schlüsse ziehen. Nach menschlichem Ermessen konnte es sich bei diesem Servicemann nicht um einen zwölfeinhalbjährigen Internatsschüler mit blonder Beatlesfrisur handeln, der hier nur eine Ferienarbeit machte. Als viel wahrscheinlicher erschien den kurzsichtigen Kunden ein sechzehn-, siebzehnjähriges Fräulein, das sich vielversprechend unter dem roten Shellmantel wölbte. So gesehen sprach es für mich.

Das Ziegengekicher des Chefs ließ nie auf sich warten, wenn mich jemand »Fräulein« nannte. Du musst dir eben so eine Frisur wie ich zulegen, sagte er, und strich sich genüsslich über seine Stoppelglatze. Oder er zwickte mich einfach zum Trost mit der Zange aus Daumen und kleinem Finger in den Nacken, was so viel hieß wie, dass ich mir nichts draus machen sollte. Der Chef war in Ordnung.

Der Feierabend wurde versußt davon, dass meine Eltern während des Schuljahres aus der alten Wohnung geflogen waren. Die neue hatte zwar keine Sonne, aber dafür eine

Badewanne. Ich fragte mich, wie ich meine Hände ohne stundenlanges Einweichen sauber gekriegt hätte. Obwohl die Wohnung über der Feuerwehrgarage lag, hörte man von den beiden Feuerwehrautos unter uns nichts. Aber von der Sirene über uns. Schon bevor sie losheulte, gab sie ein nur für uns hörbares Röcheln von sich, das uns den Schweiß heraustrieb. Tagsüber war es zu verkraften. Aber vor dem letzten Ferientag ging die Sirene mitten in der Nacht ab, und ich stand senkrecht im Bett, während ein betrunkener Autofahrer im Bach ertrank.

Der Sommer war vorbei, und ich musste zurück in die Schule. Im Internat war keine Feuerwehr eingebaut, aber eine Kirche. Ich versuchte, bei den Unterstimmen mitzusingen, kam aber nicht hinunter. Vielleicht war bei meiner Mandeloperation etwas schiefgelaufen. Meine Mutter hatte so oft Angina gehabt, dass sie ihre Söhne schon mit drei Jahren entmandeln ließ. Sie selbst hatte ihre Mandeln immer noch. Ihr Halsweh war nach meiner Operation deutlich besser geworden. Bei den Oberstimmen mitzusingen probierte ich gar nicht mehr. So fand ich etwas Interessantes heraus. Das Gescheiteste im Leben ist, gar nicht zu singen und nur den Mund zu bewegen.

# 3

Gottseidank brach in diesem Jahr die Ölkrise aus. Um in den Schulen Heizöl zu sparen, wurden neue Winterferien eingeführt. Die Energieferien. Frei hatte ich erst recht nicht, denn auf der Tankstelle war in den Energieferien Hochbetrieb. Wegen des wahnsinnigen Preisanstiegs tankten viele nicht mehr voll und kamen umso öfter. Andere tankten voll, kaum dass sie einen Liter verbraucht hatten, aus Angst, es könnte bald kein Benzin mehr geben.

Schnee und Kälte machten das Arbeiten auch nicht angenehmer. Die Scheibe musste man schneller putzen, als das Wasser gefrieren konnte. Die Tankdeckel waren oft so fest zugefroren, dass nur noch die Fingerzange des Chefs half. Meine Finger waren auf dem besten Weg, das skandinavische Schicksal der Cheffinger zu teilen. Dann würde ich mit meiner eigenen Fingerzange endlich auch alle Tankdeckel mühelos aufbringen. Aber so sehr wir uns auch ins Zeug hauten, die Leute waren angefressen. Erstens, weil jetzt alles so teuer war. Zweitens wegen dem autofreien Tag.

Auf jeder Windschutzscheibe klebten zwei Buchstaben. »MO« bei denen, die am Montag ihren autofreien Tag hatten, »DI« bei denen, die lieber am Dienstag zu Fuß gingen. Die meisten aber hatten »MI«. Darüber dachte ich beim Scheibenputzen oft nach und kam zu dem Ergebnis: Der Mensch drängt in Krisenzeiten in die Mitte. Umgeben von anderen Wochentagen konnte man mit dem Mittwoch nichts falsch machen. So wie ich beim Schulausflug in der Mitte ging, denn hinten konnte man abgehängt werden, und vorne konnte einen der Lehrer in ein Gespräch verwickeln.

Das einzige Gesprächsthema auf der Tankstelle war der Benzinpreis. Wie hoch würde er noch steigen? Über sechs Schilling? Über sieben? Trinkgeld gab fast keiner mehr, am ehesten noch jene, die mich immer noch für ein Fräulein hielten. Obwohl ich schon dreizehn war. Trotz der Energiekrise war ich noch etwas größer und runder geworden. In der Schule hatten wir den Energieerhaltungssatz gelernt, und es sah ganz so aus, als hätte die weltweite Energiekrise zum Ausgleich das Wachstum meines Körpers angetrieben.

»Stimmt so, Fräulein«, sagten diese Vollidioten und ließen zwei Schilling springen. Ich versuchte herauszufinden, ob unter den »MO«-Fahrern mehr solche Deppen waren, die mich für ein Mädchen hielten, als zum Beispiel unter den »DO«- oder »FR«-Fahrern. »SA« und »SO« gab es sowieso nur ganz selten. Doch manche hatten neben dem Wochentag noch ein zweites Pickerl. Das »S«. Wer ein »S« hatte, war wichtig. Sondergenehmigung. Mit dem »S« war man Arzt oder Feuerwehrmann oder allgemein unersetzlich. Der durfte auch an seinem autofreien Tag fahren. Aber nur dienstlich! Wehe, der fuhr privat, dann konnte er genauso gestraft werden. Aber manche hatten ein »S«, da sagten die Leute, wozu braucht der ein »S«? Was braucht der Fremdenverkehrsdirektor ein »S«?, schimpften die Leute, oder der Kapellmeister. Beim Pfarrer sah man es ein wegen der Letzten Ölung.

Der Kapellmeister war mir egal. Mir war es ein Rätsel, warum ausgerechnet der Tscho ein »S« auf der Windschutzscheibe hatte. Es war fast zehn Jahre her, seit der Tscho vom Rand der Schanzengrube aus meinen Beinbruch begutachtet hatte. Aber er redete immer noch nicht mit mir. Er stand beim Chef drüben neben der Dieselsäule und rauchte, während ich die Scheibe seines Opel Kadett putzte. Mit dem Lastwagen konnte er sowieso fahren, wann er wollte, das war klar. Aber wie kam er zu einem »S« auf seinem privaten Kadett? So etwas war nicht zu verstehen. Der Tscho war ein lässiger Hund, aber sicher kein »S«-Berechtigter mit dem Kadett. Im Gegenteil. Bei Bürgermeister und Polizei war der Tscho nicht halb so gut angeschrieben wie bei der Dorfjugend. Besonders bei der weiblichen Dorfjugend. Vermutlich lag es an seiner Oberlippe, dass die Mädchen so auf ihn flogen. Wo der normale Mensch eine Falte unter der Nase hat, machte diese beim Tscho noch einen Schanzensprung auf die Oberlippe hinaus. Daher musste der Tscho nie viel reden, die Lippe allein erkundigte sich wortlos, ob man eine Watschn möchte.

Aber das war noch lange kein Grund für ein »S«. Ich vermutete ein ungenehmigtes »S«. Dem Tscho war das zuzutrauen. Der hat schon mehrmals Bekanntschaft mit der Polizei gemacht. Einmal haben sie ihn sogar ohne Nummerntafel erwischt. Als er vom Schrottplatz eine Ersatzteilruine mit lautem Geschepper und unter Verlust von Auspuff und Stoßstange zu seiner Garage überstellte, erklärte er ihnen frech, dass sich für die paar Kilometer ein Kennzeichen nicht auszahlte. Die Polizei hat noch einmal beide Augen zugedrückt. Mich haben sie zahlen lassen wegen dem Fahrradlicht. Ein Tscho kam mit der Nummerntafel davon. Aber ich fragte mich, was passieren würde, wenn sie ihn mit der unberechtigten Sondergenehmigung schnappten. Das war nämlich Dokumentenfälschung, hatte ich gehört.

Links vom »Rauchen strengstens verboten«-Schild rauchte der Tscho, rechts vom »Rauchen strengstens verboten«-

Schild rauchte der Chef. Dass sie beim Reden in meine Richtung schauten, hieß nicht, dass sie mich sahen. Sie blickten in die Ferne hinter mir – wahrscheinlich nach Teheran. Oder zu den Touristinnen, die aus nicht ganz so fernen Ländern anreisten, um sich vom Tscho vögeln zu lassen. Obwohl es bei laufender Pumpe aussichtslos war, das Gespräch der beiden zu hören, konzentrierte ich mich so darauf, dass mir das Wasser auf der Scheibe einfror.

Jetzt durfte ich wieder mit dem Abeisen beginnen und mit dem widerlichen Herumkratzen. Auf der ganzen Scheibe hatte sich eine undurchsichtige Eisschicht gebildet, nur nicht über dem »Di« und dem »S« vom Tscho, als hätte sich dort durch die kriminelle Energie der falschen Sondergenehmigung die Wärme gestaut. Über solche Zusammenhänge dachte ich viel nach.

Ich begann von der Beifahrerseite aus einen Fleck mitten auf der Windschutzscheibe freizukratzen und arbeitete mich dann kreisförmig nach außen. Erst als ich schon ein fast lenkradgroßes Stück vom Eis befreit hatte, fiel mir auf, dass jemand im Auto saß. Zuerst hielt ich die Erscheinung aber für eine Halluzination. Hervorgerufen durch die Kälte oder durch die Benzindämpfe. Erstens: Warum hatte ich die Person nicht schon vor dem Einfrieren der Scheibe gesehen, zweitens: Wie konnte es so ein überirdisches Lächeln geben? Noch nie hatte ich so ein Lächeln gesehen. Überhaupt noch nie so ein Gesicht. Diesem Gesicht sah man unzweifelhaft an, dass meine fensterputzerische und eiskratzerische Hingabe geschätzt und gewürdigt wurde. Dieses Lächeln sympathisierte in einer Weise mit mir, dass ich nicht anders konnte, als mit diesem Lächeln ebenfalls zu sympathisieren. Aber Sympathisieren wäre vielleicht noch in Ordnung gewesen. Mein Leben wäre normal weitergegangen, wenn ich nur sympathisiert hätte. Wenn ich mich nicht augenblicklich um den Verstand verliebt hätte. Aber dafür war es jetzt zu spät.

Der Tscho verschwand gerade mit dem Chef in dem engen Kassaraum, den wir »Shop« nannten. Der Shop bestand aus einem Regal mit Ölflaschen und einem mit Zündkerzen, Scheibenwischern, Tankdeckeln und Birnen. Und statt der Eistruhe, die im Sommer den Platz verstellte, hingen jetzt Schneeketten neben dem Kassatisch. Die Lastwagenfahrer zahlten aber nicht bar, sondern unterschrieben nur ihre Lieferscheine, was der Chef stets mit dem lässigen Kommentar »Ein Autogramm bitte« begleitete. Ich nutzte die Abwesenheit der beiden und unterschrieb meinerseits einen Vertrag. Auch wenn ich durch längeres Nachdenken erst vor ein paar Wochen zu der Einsicht gelangt war, dass es den Teufel nicht gab, unterschrieb ich jetzt vorsichtshalber doch einen Vertrag mit ihm und kratzte ein unsichtbares Autogramm auf die Windschutzscheibe. Wie sonst sollte es mir gelingen, diese Frau dem Tscho auszuspannen?

Die Sache war vollkommen klar für mich. Ich sagte mir, wozu bin ich auf die Welt gekommen, und wieso soll ein Tscho alles haben und ich nichts. Ich war immer noch fest am Argumentieren und Unterschreiben und Eiskratzen und Anstarren der Prinzessin hinter Eis und Glas, als der Tscho schon aus dem Shop kam und sich im Laufschritt näherte. Der Tscho war immer schnell unterwegs. Wenn er normal redete, klang es immer, als würde er einen zusammenscheißen, und wenn er normal ging, sah es immer aus, als würde er gerade Anlauf nehmen, um irgendwem an die Gurgel zu springen.

Aber der Tscho tat mir nichts. Ich sah ihn sogar zum ersten Mal lächeln mit seiner Oberlippe. Während er näher kam, kurbelte die Beifahrerin, die mir gerade im freigekratzten Feld ihres Eis-Heiligenscheins erschienen war, die Seitenscheibe hinunter, strahlte den Tscho an und rief ihm im wunderschönen Dialekt des übernächsten Nachbardorfes zu: »Gib dem Fräulein ein Trinkgeld!«

# 4

Die Energiewoche war schnell vorbei. Zurück im Internat beschloss ich, bis zum Sommer mein gesamtes Übergewicht loszuwerden. Wenn die Freundin vom Tscho dann das nächste Mal zur Tankstelle kam, sollte sie mich nicht wiedererkennen. Zuerst. Und dann sollte sie sagen: Was ist mit dir los, bist du krank, schlecht schaust du aus, dünn bist du geworden.

Ein halbes Jahr lang konzentrierte ich mich darauf, schneller zu laufen und langsamer zu essen. Als mein zweiter Sommer auf der Tankstelle begann, war ich schon vierzehn. Fast. Voll Hoffnung stellte ich mich am ersten Ferientag auf unsere Badezimmerwaage. Ich war dreizehn Jahre und sieben Monate alt und einen Meter und 80 Zentimeter groß. Ich war größer als mein großer Bruder, sagte die Mutter, obwohl er sechs Zentimeter größer war. Aber dem Alter nach gerechnet. Die Waage war orange, eine fröhliche Farbe, die mich optimistisch stimmte. Ich zog den Bauch ein und hoffte auf eine Zahl unter 80. Die goldene Regel. Größe in Zentimeter minus 100. Im Idealfall noch weniger. Die fröhliche Waage hatte aber einen schlechten Tag und zeigte 93 Kilo.

Der Zeiger blieb ganz ruhig, rührte sich nicht von der Stelle. Aber unter dem Zeiger rotierte die Scheibe mit den Kilos erbarmungslos. Die Kilos drehten sich in einer Wahnsinnsgeschwindigkeit, als müsste die Scheibe in die Luft geschossen werden. Noch schneller als auf der Zapfsäule die zur Unlesbarkeit beschleunigten Groschen sausten die Kilos in die Höhe.

Wahrscheinlich befand ich mich in einem Schockzustand, denn während ich auf die Zahl 93 starrte, meldete sich eine weit zurückliegende Erinnerung. Zu meiner Geburt hatte meine Mutter ein Waagebuch geschenkt bekommen. Sie hat aber nie etwas eingetragen. Das Buch war leer bis auf einen Satz. In krakeliger Kinderschrift hatte jemand hineingeschrieben: »Und diese fette Sau hat jetzt schon 20 Kilo.« Der Täter wurde nie gefunden.

Im nächsten Moment fand ich den Lebensmut wieder. Ich sagte mir, mit der Waage müsse etwas nicht stimmen. Vielleicht war sie verstellt. Direkt unter dem Zeiger war ein verstecktes Rädchen, wo man sie exakt auf null pegeln konnte, falls die Ziffernscheibe einmal verrutscht war. Doch auch bei genauester Inspektion war nichts festzustellen. Der Zeiger durchschnitt die Null exakt in der Mitte. Das Ergebnis konnte allerdings auch verfälscht sein, wenn die Waage schief stand, zum Beispiel auf einer Fliesenfuge. Sie stand aber auf keiner Fliesenfuge. Und auch auf keinem Teppich. Und auch auf keinem Wassertropfen. So blieb nur die ewige Hoffnung, es mit verschiedenen Körperstellungen zu versuchen.

Einer war aus dem Internat geschmissen worden, weil er ein interessantes Buch namens *Kamasutra* eingeschmuggelt und nicht gut genug versteckt hatte. Ähnlich komplizierte Stellungen nahm ich auf der Badezimmerwaage ein. Es begann mit nur leicht veränderter Fußstellung, ging über zu willkürlichen Randbelastungen und asymmetrischen Experimenten, die sich schnell zu immer stärkeren Schieflagen des gesamten Körpers in sämtliche Windrichtungen steigerten, bis ich bei immer akrobatischeren Schräglagen schließlich von der Waage fiel. Doch mein gesamtes Badezimmerwaagenkamasutra brachte nichts. Am ehesten noch 94 Kilo.

Gegen mein Gewicht war der Benzinpreis seit Ausbruch der Energiekrise nur sanft gestiegen. Deshalb beschloss ich wie der Verkehrsminister Maßnahmen. Ich schritt entschlossen aus dem Badezimmer und sagte zu meiner Mutter: »Ich mache eine Abmagerungskur.«

»Aber«, rief die Mutter erschrocken, »du bist doch nicht dick!«

»Ich habe 93 Kilo.«

Wie die Autofahrer gegen den autofreien Tag leistete auch meine Mutter erbitterten Widerstand: »Du bist nicht dick«, wiederholte sie in leidendem Tonfall, »du bist doch so groß.«

»Ein Meter achtzig.«

»Ja eben«, jammerte die Mutter. »Das ist doch groß für dein Alter!«

»Da dürfte ich höchstens 80 Kilo haben. Und besser wäre minus zehn Prozent, also 72. Und noch besser minus fünfzehn Prozent! Aber ich hab 93.«

»Du hast schwere Knochen«, beharrte die Mutter. Sie wollte den Sohn vor den Qualen des Hungers bewahren, die sie selbst noch erlitten hatte nach dem Krieg und zwischen den Kriegen und vor dem Krieg und im Krieg und nach dem Krieg. »Das wächst sich von selbst aus«, jammerte sie.

Früher war sie fröhlicher gewesen. Aber ungefähr mit jedem Kilo, das ich zulegte, hatte sie mehr geseufzt, nicht über meine Kilos, sondern über die Tonnen des Daseins, die sich auf ihren Schultern türmten und hauptsächlich einen Namen trugen, den meines Vaters. Dass sie ihn eingeliefert hatten, machte es auch nicht besser. Im Gegenteil –

seit er nicht mehr da war, verließ sie die Wohnung fast gar nicht mehr. Wahrscheinlich zum Ausgleich. Oder um sicherzugehen, dass wir nicht wieder hinausflogen.

»Du isst doch nicht viel«, sang sie in verzagter Tonart, »es schlägt dir eben so an«, und gelangte wieder zum Refrain: »Du bist nicht dick. Du bist höchstens ein bisschen fester.«

»Die Ferien haben neun Wochen«, entgegnete ich, zu äußerster Brutalität entschlossen, »und ich werde pro Woche ein Kilo abnehmen.«

»Das ist unmöglich!«, japste die Mutter erschrocken, »da wirst du krank!«

Doch wie ein Echo vibrierte mein rundes Gesicht noch vom Gesagten, bekräftigte bebend meine Worte und übertrumpfte jede Widerrede.

Ich zog meinen roten Arbeitsmantel an und schmiss mich auf das Peugeot-Zehngangrad meines großen Bruders, der nicht mehr zu Hause wohnte, denn diese feige Sau hatte sich bei erster Gelegenheit aus dem Staub gemacht. Auf der Tankstelle erklärte ich der Chefin, dass ich in diesem Sommer kein Mittagessen brauchte, und wunderte mich, dass sie es mit einem kommentarlosen Nicken hinnahm. Ich war von meinem Entschluss so in Fahrt, dass mir an diesem Tag sogar meine ewige Frage »Öl, Wasser, Luft in Ordnung?« etwas herausfordernder über die Lippen kam. Behauptete ein Kunde trotzig, es sei alles in bester Ordnung, schoss ich nicht nur ein »Batterie okay?« nach, sondern ließ auch noch ein »Wasser in der Scheibenwaschanlage haben wir noch?« folgen, um ihn schließlich mit einem skeptischen »Bremsflüssigkeit passt alles?« in die Knie zu zwingen.

Am Nachmittag kam der Tscho mit dem Lastwagen. Ohne Begleitung, aber dafür mit Ehering. Das muss nicht viel heißen, sagte ich mir. Es kann eine andere sein. Ich redete mir ein, dass es viele Möglichkeiten gab. Und um meine innere Stimme zu übertönen, die wusste, dass es unmöglich eine andere sein konnte, fragte ich den Tscho: »Kommst du gerade aus Teheran?«

Der Tscho zwinkerte freundlich, aber nur, weil sich hinter mir der Chef näherte. Er musste durch mich hindurchzwinkern, um den Chef zu begrüßen, während er die persischen Zigaretten aus der Brusttasche zog. Ich putzte ihm die Scheibe und sah durch das offene Seitenfenster, dass ein Foto meiner Zukünftigen in einem kleinen Rahmen am Armaturenbrett klebte. Das ist im Grunde ein Vorteil, erkannte ich in der rauschhaften Klarheit des Schockzustandes. Bald wird sie ihn satt haben, die Zeit arbeitet für mich, sagte ich mir, während ich wartete, bis die mit dem weichen Schwamm eingeweichten Insekten auf der Scheibe genug Wasser aufgesogen hatten, dass ich sie mit dem harten Schwamm entfernen konnte. Geduld ist das Wichtigste im Leben. Zuerst musste ich sowieso einmal abnehmen.

Als ich am Abend mit schwarzen Händen und 190 Schilling Trinkgeld nach Hause kam, war ich kampfbereit, um den Widerstand hinwegzufegen, den meine Mutter inzwischen mobilisiert haben würde: tödliches Kreuzweh, Kopfschmerz von kaum zu ertragender Intensität, königliche Angina, wütende Stirnhöhlendämonen, dazu Geschichten in wortgleicher Wiederholung zum hundertsten Mal über die Leute, die ihr etwas angetan hatten, früher und noch früher und nach dem Krieg und vor dem Krieg und im Krieg und nach dem Krieg. All dies konnte nur geheilt werden, wenn ich weiterhin guten Appetit zeigte.

Doch ich hatte sie unterschätzt. Als ich das Wohnzimmer betrat, kam sie mir verändert vor. Sie blickte von den Zettelchen auf, die sie mit all dem Wissenswerten vollschrieb, das im Lauf des Tages aus dem Radio oder Fernseher kam, und sagte in einem geschäftigen Tonfall: »Du könntest ja ›Schlank mit Wir‹ machen.«

# 5

Der Moderator der Fernsehsendung *Wir* hatte meiner Mutter noch nie etwas angetan. »Der schaut immer so freundlich«, sagte sie. Und man erfuhr viel Wissenswertes, das sie mit dem stets bereitliegenden Kuli aufschrieb. Auch das Rezept der Woche von »Schlank mit Wir« hatte sie notiert.

»Eine halbe Hühnerbrust«, las sie vor, »aber ohne Haut, dazu zwei mittelgroße Kartoffeln, in der Schale gekocht, ohne Butter, ohne Öl, das schmeckt aber nach nichts.«

»Egal.«

»Aber woher soll ich jetzt ein Huhn kriegen«, verfiel sie kurz in den gewohnt leidenden Ton, erfing sich aber wie ein Motor, der trotz bedenklichster Geräusche in letzter Sekunde doch noch einmal zündet, und las weiter. »Dazu etwas Gemüse, gedünstet, mit nur einem halben Teelöffel Leinöl. Woher soll ich jetzt ein Leinöl kriegen? Kannst du nicht erst morgen anfangen mit der Diät?«

»Gut, aber ab morgen wird's ernst.«

»Das ist doch ein Blödsinn, diese Abmagerungskur«, fing sie gleich wieder an, weil ich einen Moment nicht wachsam gewesen war. »Du musst dich nur ein bisschen mehr bewegen.«

»Das nützt nichts.«

Ich kannte alle Ausreden, die einen am Abnehmen hindern sollten. Wie alle guten Ausreden stimmten sie teilweise. Teilweise war ich zu dick, weil ich mich zu wenig bewegte (1,5 Prozent), teilweise, weil ich die Veranlagung dazu hatte (0,5 Prozent), teilweise, weil mein großer Bruder so dünn war (1,2 Prozent), und teilweise, weil es mir so schmeckte: 96,8 Prozent.

»Morgen wird's ernst«, wiederholte ich. »Eine halbe Hühnerbrust und zwei mittelgroße Kartoffeln.«

»Ich geh nicht gern zum Metzger Maier, der hat mir einmal frech geantwortet, wie ich mit dir schwanger war.«

»Dann kauf eben ich das Hendl.«

»Nein, ich kauf es schon«, seufzte die Mutter. »Aber wo soll ich jetzt ein Leinöl herkriegen? Bei uns kriegt man ja nichts.«

»Das lassen wir einfach weg.«

»Du würdest am liebsten alles weglassen«, protestierte sie.

»Ich muss abnehmen! Hühnerbrust ohne Haut und zwei mittelgroße Kartoffeln, das ist nicht so wenig, da verhungert man nicht.«

»Und gedünstetes Gemüse mit einem halben Löffel Leinöl«, beharrte die Mutter.

»Teelöffel.«

»Was?«

»Ein halber Teelöffel Leinöl.«

»Ein halber Teelöffel«, protestierte sie verächtlich. »Da können sie gleich schreiben: ein Tropfen.« Sie seufzte schwer: »Das Schlimmste weißt du noch gar nicht.«

»Und zwar?«

»Halbe Hühnerbrust, das geht ja noch. Aber einmal pro Woche gibt es den Fasttag. Da muss man das Abendessen ganz weglassen.« Ich sah eine boshafte Hoffnung in ihren Augen aufblitzen, und weil ich immer noch nicht einknickte, ritt sie noch ein bisschen darauf herum: »Kein Abendessen! Komplett nichts! Nur Wasser!«

»Das schaffe ich schon«, sagte ich, bekam aber augenblicklich Hunger. »Da geh ich einfach früher schlafen.«

»Und am darauffolgenden Morgen ohne Frühstück.«

»Da schlaf ich einfach länger.«

»Das heißt, 24 Stunden ohne Essen. Nur Wasser. Sonst rein gar nichts!«

»Ich nehme den Dienstag.«

»Gesund kann das nicht sein.«

»Das halte ich schon aus.«

»Warum gerade Dienstag?«, seufzte die Mutter.

»Einfach so«, log ich.

Dass ein »DI« auf der vereisten Windschutzscheibe klebte, in der mir die Elsa erschienen war, ging sie nichts an. Elsa. Ich hatte mich erkundigt. Unauffällig herumgefragt. Aber mit so einem altmodischen Namen hatte ich nicht gerechnet. »Elsa« kannte ich überhaupt nur von den Grabsteinen. Ich brauchte mehrere Sekunden, um zu begreifen, dass es der schönste Name der Welt war, noch vor Gabi und Petra.

»Am Dienstag kein Abendessen oder am Dienstag kein Frühstück?«

»Am Dienstag kein Abendessen.«

Und sie notierte auf einem freien Feld ihres Zettels: »Dienstag kein Abendessen, Mittwoch kein Frühstück.«

Dann ging sie hinunter zum Altpapier und kramte in den alten Zeitungen der Nachbarn und Feuerwehrmänner, fand auf den Fernsehseiten frühere Rezepte von »Schlank mit Wir«, legte sie in ein Heft, seufzte, unterstrich mit dem Kugelschreiber, seufzte, machte zusätzliche Notizen und seufzte und sagte: »Du bist doch nicht dick!«

Und so kam es, dass ich in neun Wochen fünfzehn Kilo verlor und meine Unschuld.

# 6

In der dritten Ferienwoche war der 24-Stunden-Fasttag schon zu einer Gewohnheit geworden. Um die letzte Stunde vor dem Mittagessen am Mittwoch zu vertreiben, musste ich mich nur gut ablenken. Ich saß auf einer Holzbank und stoppte mit dem Sekundenzeiger meiner goldenen Omega-Uhr die Verdunstungszeit des Speichels, den ich exakt zwischen meine blauen adidas-Turnschuhe gespuckt hatte. Hungrig war ich nicht, aber ein bisschen schwindlig. Nicht sehr, nur leicht. »Leicht schwindlig« hieß, man konnte – im Gegensatz zu »richtig schwindlig« – noch alles tun. Außer über schwierige Sachen nachdenken. Schwierige Sachen gab es in meinem Leben so viele, dass ich lieber nicht nachzählte. Und alle hatten eines gemeinsam. Ich konnte jetzt nicht über sie nachdenken. Das war der Vorteil von Mittwoch-Vormittagen.

Ich verfolgte nur das Hüpfen des Sekundenzeigers und wunderte mich darüber, zu was für einem Nichts die Leuchtpunkte tagsüber wurden, die in der Nacht ein leuchtendes Universum bildeten. Die Uhr war auf einem etwas zwielichtigen Weg zu meinem Handgelenk gekommen. Von den besoffenen Gästen, die nicht zahlen konnten, oder von Kartenspielern, die eine Pechsträhne hatten, ließ mein Vater sich manchmal um vier Uhr früh ihre Uhren als Pfand andrehen. Zum Leidwesen meiner Mutter, die ihm vorrechnete, dass das Geld trotzdem fehlte.

Als die Spucke ihren Todeskampf gegen die Sonne verloren hatte, sagte ich mir, dass ich zur Abwechslung über den Zaun steigen und in den Bach spucken könnte. Stacheldrahtzäune warfen immer die Frage auf, ob man besser über den oberen Draht stieg oder ob man sich geschickt zwischen dem oberen und unteren Draht durchduckte. Für das eine war man fast zu klein, für das andere war man fast zu dick. Obwohl ich schon drei Kilo abgenommen hatte. Aber man sah noch nichts. Noch niemand hatte die ersehnten Worte gesprochen: Was ist mit dir los, bist du krank, schlecht schaust du aus, dünn bist du geworden.

Seitliches Durchducken hatte den großen Nachteil, dass einen die Stacheln von oben und von unten erwischen konnten. Je mehr man sich vor dem Stachel im Rücken in Acht nahm, umso eher blieb man am Bauch hängen. Und umgekehrt. Aber es war immer noch besser, am Rücken oder am Bauch hängen zu bleiben, als dort, wo man sich verhakte, wenn man wie ein langbeiniger Dorfdepp über den oberen Draht stieg. Das wollte man sich gar nicht vorstellen. Bevor man überhaupt jemals auch nur das Geringste erlebt hat, schon kastriert. Nur weil man in den Bach spucken wollte.

Ich beschloss, lieber noch eine Runde mit meinem Peugeot-Rennrad zu drehen, das ich meinem großen Bruder gestohlen oder abgekauft hatte. Die genauen Umstände wurden nie restlos aufgeklärt. Aber wer nicht mehr da war, brauchte sowieso kein Rad. Seine Farbe, für die es kein Wort gab, schillerte zwischen Gold und Bronze wie ein außerirdisches Metall und war neben der goldenen Omega-Uhr mit den Leuchtpunkten und dem japanischen Fotoapparat, den ich bei einem Preisausschreiben gewonnen hatte, das Schönste, was ich hatte. Abgesehen von meinen Fiberglas-Schi, mit denen ich aber wegen dem ärztlichen Fahrverbot nichts mehr anfangen konnte. Der Doktor war böse auf mich, weil ich jeden Winter daherkam, und ich war schon froh, dass er mir nicht auch ein Radfahrverbot auferlegt hatte. Schließlich bretterte ich mit dem Rad auch immer so schnell wie möglich bergab. Meine tägliche Runde führte zu der Villa am Ortsrand. Ich fuhr sie jeden Tag ein paarmal, immer dieselbe Runde. Das letzte Stück war so steil, dass ich schon an normalen Tagen kaum hinaufkam. In der vierundzwanzigsten Null-Kalorien-Stunde war es beinahe unmöglich. Während ich schwitzend und schnaufend um jeden Tritt kämpfte, fragte ich mich, ob man auf derselben Strecke mehr Kalorien verbrauchte, wenn es einem schwerer fiel. Galt hier das Maß der überwundenen Steigung oder das Maß der überwundenen Schwäche? Es gab im Leben nicht auf alles eine Antwort.

Als ich oben mit letzter Kraft ankam, stellte ich einen interessanten Zusammenhang fest. Mir war die Luft nicht ausgegangen, aber dafür meinem Vorderreifen. Komplett platt holperte und walzte er über den Asphalt, als wollte er mir vorwerfen, dass ich einfach zu schwer für ihn war. Dünn bist du geworden, schlecht schaust du aus, sagte ich verbittert zu meinem Vorderreifen. Natürlich nur in Gedanken. Ich war nicht verrückt. Und natürlich nur, um von meinem wahren Problem abzulenken. Es ließ sich nicht leugnen, dass ich jetzt direkt vor der Villa mein Rad aufbocken und den Reifen richten musste. Die Villa gehörte amerikanischen Millionären, die fast nie da waren. Nur die Haushälterin wohnte hier und hielt Haus und Garten in Schuss. Und ihr Mann machte die Hausmeisterarbeiten. Der war aber auch fast nie da. Der war meistens nach Teheran unterwegs. Erst vorige Woche war er auf die Tankstelle gekommen, um seinen Scania samt Zusatztanks vollzutanken. Aber ich fand es eine Frechheit, dass er rund um die

Garage seine Ersatzteilspender vom Schrottplatz abgestellt hatte. Das war der Elsa bestimmt nicht recht.

Ich fuhr an der Villa immer extra schnell vorbei. Ohne hinüberzuschauen. Nicht, dass die Elsa noch auf den Verdacht kam, ich würde ihretwegen so oft diese Strecke fahren. Jeden Tag drei, viermal. Fünfmal auch oder sechsmal. Ich konnte nichts dafür, dass das Haus am Ende des steilsten Anstiegs lag, den ich aus Trainingsgründen fahren musste.

Aber zehnmal peinlicher als dauerndes Vorbeifahren war extra absteigen und den Reifen flicken. Genau vor ihrem Gartentor. Noch peinlicher wäre nur gewesen, beim Reparieren vor Hunger umzufallen.

# 7

Einerseits war ich froh, dass der Tscho gerade nach Teheran aufgebrochen war. Andererseits machte es mich besonders verdächtig. Womöglich glaubte die Elsa, dass ich nur so tat, als müsste ich den Reifen picken. Ich hasste es, falsch verdächtigt zu werden. Dabei wollte ich so unsichtbar vorbeiradeln wie immer. Sie hätte mich gar nicht bemerkt. Oder nur zufällig gesehen, wie ich in lässiger Schräglage wendete und mit Todesverachtung kieselsteinspritzend den Berg hinunterschoss.

Andererseits musste ich froh sein, dass der Reifen den Geist schon am Ende des Anstiegs aufgegeben hat und nicht erst bergab. Bei meinem halsbrecherischen Bergabtempo wäre ich sonst mit mehreren Überschlägen im Graben gelandet wie ein Schispringer, dem mitten im Flug der Luftpolster weggezogen wurde. Was aber vielleicht Eindruck bei ihr gemacht hätte. Hoffte ich zumindest. Man konnte die Wirkung von Ereignissen erhoffen, die gar nicht stattgefunden haben. Das war interessant.

Vorsichtshalber stellte ich mich mit dem Rücken zu ihrem Garten. Damit es unauffälliger war, falls sie herausschaute. Außerdem war ich am Rücken schlanker als vorne. Von hinten erkannte sie mich wahrscheinlich gar nicht. Schließlich war es ein halbes Jahr her, seit ich ihr in der freigekratzten Eisscheibe erschienen war.

Ich holte das Pickzeug aus dem Satteltäschchen, zwei Gummiplättchen verschiedener Größe, den vulkanisierenden Klebestoff und das unscheinbar kleine Ventilschläuchlein. Doch am Ventil lag es nicht. Das hatte ich natürlich als Erstes mit der Spucke überprüft. Ich stellte das Rad auf den Sattel, holte das Vorderrad mit einem Handgriff aus der Gabel, lobte den Erfinder der eleganten Flügelschraube und zog den Schlauch von der Felge. Das anstrengende Aufpumpen mit der kleinen Rennradpumpe erinnerte mich wieder daran, dass ich seit 24 Stunden nichts gegessen hatte. Konzentriert horchte ich, wo die Luft entwich. Früher oder später hörte man es irgendwo leise zischen. Ich ließ den Schlauch durch meine Finger gleiten, Zentimeter für Zentimeter, presste ihn mit den Händen zusammen, um den Druck noch zu erhöhen, und lauschte.

Zumindest einen ganz leisen Luftstrom hätte man doch hören müssen. Aber nur die Laute der Umgebung drängten sich in den Vordergrund. Die Stille hier über dem Tal, zwischen Ortsrand und Waldrand, verwandelte sich in ein nervendes Hörspiel. Vermutlich hatte das Flugzeug schon die längste Zeit sein Brummen über das Land versprüht, aber jetzt fiel es mir auf, und auch das ferne Singen der Kreissäge muss schon vorher zu hören gewesen sein, denn irgendwo schnitt immer irgendein Mandl sein Holz zusammen. Aber seit ich mich auf die aus meinem Radschlauch entweichende Luft konzentrierte, kam der Lärm aus allen Richtungen. Die Schallgesetze waren nicht auf meiner Seite. Je weiter die Autos im Tal unten sich entfernten, umso lauter wurden sie, bis man sie nicht mehr sehen, aber immer noch hören konnte. Und ein unsichtbarer Hund bellte so dumm, dass es fast etwas Menschliches bekam. Ich fragte mich, ob ich den weit unter mir rauschenden Bach hier tatsächlich hören konnte oder ob es nur ein Nachklang war von vorhin, als mich nur der Stacheldraht von ihm getrennt hatte. So wie man in der Nacht noch die Leuchtpunkte sah, wenn man die Augen geschlossen hatte. Selbst mein eigenes Atmen übertönte geräuschvoll das Strömen des Lufthauchs aus dem ans Ohr gehaltenen Radschlauch.

Noch nie hatte ich so lange gebraucht, um das Loch zu entdecken. Mit ein bisschen Wasser hätte ich es sofort gehabt. Im Wasser kann die Luft sich nicht verstecken. Auch beim allerfeinsten Nadelstich steigen die Luftbläschen gut sichtbar auf. Eine feine Perlenschnur wie die Kohlensäure im Sinalco. Aber ich hatte kein Wasser. Auf keinen Fall würde ich bei der Elsa klingeln und um ein Wasser bitten. Schon der Gedanke war zum Totschämen. Ich schaute nicht einmal, ob sie zufällig im Garten auftauchte oder die Fensterblumen goss. Mit den Nackenhaaren hätte ich es sowieso gespürt und mit den Augen, die man im Hinterkopf hat.

Es blieb mir nichts anderes übrig, als noch mehr Luft hineinzupumpen. Dann hielt ich mir den Schlauch so nah vors Gesicht, dass er fast meine Wange berührte. Ein paar Millimeter Abstand, damit ich den Lufthauch endlich spürte. Zentimeter für Zentimeter schob ich ihn weiter, so nah an meiner Haut, dass die Luft sich unmöglich noch lange verstecken konnte.

»Schön machst du das«, hörte ich ihre Stimme hinter meinem Rücken.

In diesem Moment muss ich mindestens zehntausend Kalorien verbrannt haben.

# 8

Ein Kilo leichter und leuchtend wie eine 100-Watt-Birne antwortete ich: »Mit ›schön‹ hat das nichts zu tun.«

Ruppige Antwort, damit sie nicht auf die Idee kam, ich stünde ihretwegen hier herum. Vorbeigefahren bin ich vielleicht wegen ihr. Aber sicher nicht stehen geblieben!

»Möchtest du ein Wasser?«

»Nein, ich brauch kein Wasser. Ich hab das Loch schon gefunden.«

Das war nicht einmal gelogen. Tatsächlich spürte ich in diesem Moment den Lufthauch. Vielleicht ist die errötete Haut luftempfindlicher. Entweder wegen der Durchblutung sensibler. Oder weil das Gesicht heiß ist und die Schlauchluft kalt. Ganz deutlich spürte ich sie auf der Wange. Ich versuchte, mein Gesicht zu kühlen, indem ich den Luftstrom ein bisschen hin und her lenkte. Das brachte aber nicht viel. Der Strahl war zu fein.

»Ich hab gemeint, ein Glas Wasser zum Trinken«, lächelte sie. »Dir muss doch heiß sein da in der Sonne.«

Ich fragte mich, was ihr zauberhaftes Lächeln bedeutete. Entweder etwas sehr Gutes oder etwas sehr Schlechtes. Sehr gut wäre gewesen: Sie war verliebt in mich. Sehr schlecht wäre gewesen: Sie fand mich lächerlich. Mit meinem kaputten Reifen und mit meinen verschwitzten Haaren und mit meinen dreckigen Händen und mit meinen 90 Kilo.

»Ach so. Zum Trinken.«

Folgendes war Ergebnis meiner Überlegungen: Wasser

zum Trinken steht weit über Wasser für die Radschlauchuntersuchung. Vielleicht nicht in jeder Situation, aber sicher als Angebot einer Tschofrau. Im Sympathiewert. Bei einer Panne hilft man jedem. Aus allgemeiner Menschlichkeit. Das hat mit Verliebtsein noch nichts zu tun. Aber Wasser zum Trinken bietet man nicht jedem an, wenn man gar nicht weiß, ob der einen Durst hat. Wasser zum Trinken ist schon ziemlich nett gemeint. Da musste ich gar nicht lange nachdenken. Das war eindeutig. Umso schmerzhafter durchfuhr mich die Einsicht, dass »Ich brauch kein Wasser« in diesem Fall eine vollkommen unhöfliche Antwort war.

»Ich hab geglaubt, du fragst, ob ich für meinen Schlauch ein Wasser brauche.«

»Ich seh ja, dass du das Loch schon gefunden hast.« Sie grinste spöttisch. »Weil du dir so schön deine blonden Locken aus dem Gesicht föhnst.«

Ich hatte überhaupt keine Locken. Mein Bruder hatte schöne gewellte Haare wie der Sänger, von dem er ein Poster besaß. Meine verbogen sich nur blöd, wenn ich schwitzte, und standen idiotisch in der Gegend herum. Aber durch intensives Überlegen verstand ich ihre spöttische Bemerkung erst richtig. Sie hatte denselben Grund, den meine ruppige Antwort gehabt hatte. Ich sollte nicht glauben, dass sie extra wegen mir herausgekommen ist. Also sagte ich einfach nichts darauf und richtete extra noch einmal die Schlauchluft auf meine Haare, was aber überhaupt nichts bewirkte.

»Ist das fein?«

Ich lenkte den Luftstrom auf ihr Gesicht: »Spürst es?«

»Nein. Du musst ein bisschen näher kommen.«

»Es ist nur ganz schwach«, sagte ich und hielt ihr den Schlauch so nah an die Wange, dass er sie fast berührte.

Mir kam komisch vor, dass sie es nicht spüren konnte, wo ich doch aus dieser Nähe schon die Wärme ihrer Haut spürte. Strömende Luft war doch auf jeden Fall mehr als normale Hautwärme.

»Vielleicht am Hals«, sagte sie. »Da spürt man am meisten.«

»Ehrlich?«

»Ja, da hat man die meisten Nerven.«

»Geh!«

Während ich ihr den Luftstrom Richtung Hals lenkte, war ich nicht mehr sicher, ob ich ihn nicht durch die Bewegung schon wieder verloren hatte.

»Jetzt spür ich es«, behauptete sie. »Das ist fein.«

»Fein ist das nicht. Die Luft sollte drinnen bleiben.«

»Hast du einen Radlpick?«

»Ja, sicher.«

»Soll ich dir helfen?«

»Nein danke, da wirst nur dreckig«, sagte ich und machte mich an die Arbeit.

»Magst du jetzt ein Wasser?«

»Ja, bitte.«

»Jabitte – Neindanke. Du bist richtig gut erzogen, oder?«

Ich war froh, dass sie hineinging. Der Geschickteste war ich nämlich nicht, schon gar nicht, wenn mir wer auf die Finger schaute. Die Elsa musste nicht unbedingt sehen, dass mir die Hände zitterten. Sie sollte nicht glauben, dass ich wegen ihr so nervös war. Zu 80 Prozent lag das Zittern an meinem Hunger, schätzte ich. Zu 20 Prozent vielleicht woanders. Aus unerfindlichen Gründen fiel mir jetzt ein, dass wir dieses Wort in Englisch gelernt hatten. Elsewhere. Aber vielleicht war es auch umgekehrt. Und es lag nur zu 20 Prozent am Hunger. Und zu 80 Prozent woanders. Elsewhere.

Wenn ich ehrlich war. Das überlegte ich, während ich darauf wartete, dass der Pick trocknete, den ich auf die kaputte Stelle geschmiert hatte. Aber dann haute ich den Gummifleck doch viel zu früh drauf, also noch bevor der Pick ganz hart war. Es wird schon halten, sagte ich mir. Hauptsache, ich war schon fertig, wenn die Elsa mit dem Wasser herauskam.

# 9

»Ich hoffe, du hast den Fleck nicht draufgegeben, bevor der Pick hart war«, sagte die Frau des Teheranfahrers Tscho und reichte mir einen Bierkrug voll Wasser. Ein halber Liter Wasser: null Kalorien.

»Bei der Hitze trocknet er schnell«, antwortete ich in einem tschohaften Tonfall, der ihre Zweifel zurückschmettern sollte mit einem glasklaren: Ich Tankstelle, du Frau.

»Ich tu ihn immer zu früh hinauf«, lächelte die Frau, die glaubte, sich mit diesem Lächeln bei mir alles erlauben zu können, »dann hält es nicht.«

»Macht das nicht der Tscho für dich?«, fragte ich mit einem Blick auf die Schrottkisten, die vor der Garage herumstanden.

»Ach, der! Der greift ein Radl gar nicht an.«

Da ich gerade dabei war, den Halbliterkrug in großen Schlucken zu leeren, musste ich mir keine Antwort überlegen. Das Wasser war schön kalt, und ihr Lächeln, das ich beim Trinken durch das Glas hindurch studierte, bedeutete so viel wie: Ich hab es extra lange rinnen lassen, damit es nicht lauwarm ist bei der Hitze.

»Da ist einer durstig gewesen«, grinste sie, als ich ihr den leeren Krug zurückgab.

»Danke. Schön kalt, dein Wasser.«

Ich musste jetzt schnell weiter. Als wäre ich ein Fahrer bei der Tour de France, dem man vom Streckenrand ein neues Rad und eine Erfrischung gereicht hat. Eddy Merckx im Gelben Trikot. Lucien Van Impe, der Bergspezialist. Vorderrad einspannen, Rad umdrehen und »Au revoir«. Nicht, dass sie noch bemerkte, wie gern ich hiergeblieben wäre. Ich war so damit beschäftigt, jeden Verdacht zu zerstreuen, dass ich schon fast selbst Zweifel bekam, ob ich meine Reifenpanne vor ihrem Haus nicht vorgetäuscht hatte.

»Danke für das Wasser. Dann fahr ich wieder.«

»Du kannst dir gern bei mir die Hände waschen.«

Ich schüttelte den Kopf und sagte lässig: »Ach was, das ist ehrlicher Dreck.«

Diesen Spruch hatte ich dringend loswerden müssen. Ich wusste nicht genau, was ehrlicher Dreck sein sollte, aber auf der Tankstelle hatte es vor ein paar Tagen ein auf der Straße hängengebliebener Kunde zu mir gesagt. Weil er mein Zögern bemerkte, als er mir die Hand geben wollte, um sich für den geliehenen Kanister zu bedanken, lachte er nur und sagte: »Ach was, das ist ehrlicher Dreck.« Und wenn man einen Spruch gehört hatte, musste man ihn schnell wieder loswerden, sonst blieb er einem.

»So bringst du dir nur die Schmiere auf die Lenkstange«, sagte sie, unbeeindruckt von meinem Spruch. »Und jedes Mal, wenn du dann fährst, kriegst du wieder dreckige Hände. Es ist niemand drinnen, du kannst dir gern die Hände waschen.«

»Naja. Okay. Danke.«

»Nimm das Radl lieber mit herein, bevor es dir jemand stiehlt«, sagte sie und hielt mir schon das Gartentor auf. In der einen Hand den leeren Krug, in der anderen das Gartentor, stand sie da in ihrer weißen Bluse, die strahlende Frau des Teheranfahrers Tscho.

Als ich beim Hauseingang meine Turnschuhe abstreifte,

hörte ich ihre spöttische Stimme hinter mir: »So gut erzogen!«

Ich war froh, dass ich mich kurz ihrem Blick entziehen konnte. Dafür sah ich mich leider selbst gleich mehrfach. Alles in diesem Badezimmer war neu und schön und glänzend und duftend. Selbst mein Spiegelbild schien mir verwandelt, der Luxusspiegel gab meinen Augen einen Glanz, den sie in Wirklichkeit gar nicht hatten. Vielleicht lag es auch weniger am Spiegel als an meinem Hunger. Auch wenn man den Hunger nicht mehr spürte, konnte er die Augen hervortreten lassen. Oder der Grund lag überhaupt zu 80 Prozent woanders. Elsewhere.

Nur gut, dass meine Hände nicht so dreckig waren wie auf der Tankstelle. Der Ölfilm hätte sich in das Porzellan gebrannt, und die Elsa hätte stundenlang putzen müssen und bereut, dass sie mich hereingelassen hat. Das wäre kein ehrlicher Dreck mehr gewesen.

Die Handtücher waren so weiß, dass ich die Hände lieber an meiner Hose trocken wischte. Man hatte Angst, hier etwas zu berühren. Nur die Waage hätte mich gereizt. Aber ich stellte mich nicht hinauf. Eiserne Abnehmeregel: Nur am Morgen wiegen.

»Magst du einen Kaffee?«, fragte sie, als ich aus dem Bad kam. »Ein Stück Kuchen hätte ich auch.«

Seit 24 Stunden plus einer halben Stunde hatte ich nichts gegessen. Und ich war noch immer nicht hungrig.

»Eichen sollst du weichen, Kuchen nicht versuchen«, antwortete ich lässig.

»Woher hast du denn den Spruch schon wieder«, lachte sie.

»Ist mir gerade eingegeben worden.«

»Eingegeben? Vom Heiligen Geist, oder was?«

»Ist schon möglich.«

»Der Kaffee ist aber schon fertig.«

»Ohne Milch und Zucker bitte.«

Eine Tasse Kaffee: null Kalorien. Man fragt sich zwar, wo die Schwärze herkommt, aber ohne Milch und ohne Zucker und ohne Kuchen war Kaffee völlig in Ordnung.

»Setz dich her.«

»Ich muss gleich düsen«, sagte ich und lehnte mich nur seitlich an die Eckbank wie einer, der schnell im Aufbrechen einen Schluck trinkt.

Sie schenkte mir aus einer filigranen weißen Kanne ein und fragte: »Hast du schon eine Freundin?«

# 10

Mein Gesicht war so heiß, dass mir der Kaffee leidtat, als er sich an meinen Lippen verbrannte. Und nach dem ersten Schluck hallte die Frage immer noch durch den Raum. Nach dem zweiten Schluck auch noch.

Ich versuchte, so lässig zu grinsen, dass es vielleicht ein bisschen nach »Ja klar« aussah, ohne dass ich direkt lügen musste.

»Da brauchst doch nicht rot werden«, lächelte sie. »Wie alt bist du?«

»Fast vierzehn.« In meinem ganzen Leben hatte meine Stimme noch nicht so hoch geklungen.

»In dem Alter hab ich schon einen Freund gehabt. Da ist nichts dabei.«

»Und wie alt war dein Freund?«

»Fünfzehn, glaub ich.«

Und wie alt war sie jetzt? Ich traute mich nicht zu fragen. Zwanzig, schätzte ich, oder einundzwanzig. Aber ich war schlecht im Schätzen.

»Er war aber nicht so hübsch wie du«, grinste sie blöd.

»Was du nicht sagst.«

Sie schaute mich so prüfend an wie einmal der Doktor meine Röntgenbilder, als meine Knochen falsch zusammengewachsen waren, sodass ihm nichts anderes übrig blieb, als sie mir noch einmal zu brechen.

Dann sagte sie aber nur: »Groß bist du für dein Alter. Fast einen Kopf größer als wie ich.«

»Gegegeh. Einen halben Kopf, täte ich sagen.«

»Nein, schau.«

Sie sprang auf und nahm mich am Ellbogen. »Stell dich richtig her zum Vergleich, Rücken an Rücken.«

Im Prinzip hatte ich mir die Sache nicht so vorgestellt, also Rücken an Rücken. Aber es war besser als gar nichts. Wie ein Kranarm schwebte von ihrer Seite eine Hand herüber und tastete nach meinem Kopf. Dann nach ihrem Kopf, dann wieder nach meinem Kopf. »Wenn ich meine Schuhe ausziehe, bist du einen Kopf größer«, behauptete sie.

Dabei waren ihre Sandalen höchstens einen halben Zentimeter hoch.

»Ich muss jetzt fahren.«

»Magst nicht noch ein Stück Kuchen? Er ist ganz frisch.«

»Nein danke.«

»Glaubst, ich mach nicht so einen guten Kuchen wie deine Mamm, gell?«

»Sicher.«

Komischerweise hatte ich überhaupt keinen Hunger. Das war der Beweis, dass der Mensch gut ohne Essen leben konnte. Essen war mehr oder weniger nur eine dumme Gewohnheit.

»Hast du es eilig?«

»Nein, wieso? Ich hab heute frei.«

»Weil du auf die Uhr geschaut hast.«

Nicht ums Verrecken hätte ich zugegeben, dass es wegen der Diät war. Eines Tages würde sie es selbst bemerken und sagen: Was ist mit dir los? Warum bist du so dünn? Schlecht schaust du aus! Bist du krank?

»Eine schöne Uhr hast du.«

»Von meinem Vater.«

Jetzt schaute sie mich schon wieder so komisch an. So

von der Seite, als hätte ich eine Wespe in den Haaren. »Wie geht es deinem Tatt?«

»Gut.«

*Gut* war immer die beste Antwort. Auch wenn es blöd klang, wo sie ihn doch eingeliefert hatten.

»Dein Tatt ist ein netter Mann.«

»Sicher.«

»Dafür bist du mit deiner Mamm gestraft«, lachte sie.

Ich lachte auch. Mit einem *Gut* und einem kurzen Lachen war man im Leben am ehesten aus dem Schneider. Außerdem stimmte es, dass es meinem Vater gut ging im Irrenhaus. Es lag in einem schönen Park, fast wie ein Schloss. Nach all den Jahren in muffigen Saisonkellnerzimmern wohnte er auf einmal wie ein König. Und niemand hackte auf ihm herum, weil er zu viel trank, zu wenig Geld heimbrachte und bis vier Uhr früh Karten spielte. Oder weil er sich im Gasthaus von den Gästen Uhren andrehen ließ, Schmuck, Kofferradios und einmal sogar die viel zu teure Privatversicherung, die meine Mutter in den Wahnsinn trieb, aber jetzt kam sie ihm zugute.

»Magst du in den Schwimmingpool hüpfen?«

Ich schüttelte den Kopf. Ihr war wirklich nichts zu blöd.

»Wieso nicht? Das ist fein – verschwitzt, wie du bist vom Radeln.«

»Ich hab keine Badehose mit.«

»Kannst ja einfach so reinspringen. Sieht dich eh keiner.«

»Wie viel Grad hat das Wasser?«, fragte ich, um Zeit zu gewinnen.

»Fast achtzehn.«

»Das ist mir zu warm«, behauptete ich lässig.

»Zu warm!«, lachte sie.

»Ich muss jetzt heim, essen.«

Sie antwortete mit einem stummen Lächeln. Als wüsste sie Bescheid. Ihre Bluse war weiß wie bei Serviererinnen oder Stubenmädchen. Eng anliegende Meisterleistung eines legendären Schneidermeisters. Der Stoff gespannt, wie bei mir das weiße Hemd, wenn ich am Sonntag in die Kirche ging. Wo der Knopf fast absprang. Aber bei mir war es der Knopf am Bauch, der fast absprang. Beziehungsweise zweimal ist er wirklich abgesprungen. Und wenn er nicht absprang, fand er den Notausgang und öffnete sich einfach unbemerkt. Dann wich der Stoff auseinander und gewährte Einblick auf das Unterhemd. Wenn man eines anhatte. Bei der Elsa hatte der Knopf an der Stelle natürlich überhaupt kein Problem. Der wusste gar nicht, dass er da war! Dafür stand ein anderer Knopf unter erbarmungswürdigem Druck. Was musste das für ein guter Zwirn sein, dass der Knopf nicht absprang? Industriezwirn wahrscheinlich, für Feuerwehrschutzwesten, sonst konnte dieser Knopf unmöglich halten. Doch früher oder später sprang er garantiert ab, dafür hätte ich jederzeit einen Garantieschein unterschrieben.

»Kannst ja kurz hineinhüpfen, und dann fährst heim zu deiner Mamm essen.«

Ich schüttelte den Kopf. »Ich muss jetzt düsen. Danke für den Kaffee und das Wasser. Hat gut geschmeckt.«

»Besuch mich wieder einmal.«

»Sicher.«

Ich schmiss mich aufs Rad und stellte erleichtert fest, dass die Luft noch im Reifen war. Gescheit fahren konnte ich trotzdem nicht. Der Reifen war in Ordnung, aber jetzt hatte der Sattel ein Problem. Oder nicht direkt der Sattel. Im Prinzip lag es mehr an der Hose. Ich musste mich aus dem Sattel erheben, um treten zu können. Meine Hose hatte zwar keine Knöpfe, die abspringen konnten. Aber einen Reissverschluss. Und schließlich wollte man nicht, dass die Zähne vom Reissverschluss die Arbeit des Stacheldrahtzauns erledigten. Theoretisch war es in Ordnung, so zu fahren. Das machten ja die berühmten Fahrer der Tour de France auch. Ein Eddy Merckx erhob sich auch beim Fahren aus dem Sattel oder ein Joop Zoetemelk. Allerdings nicht, wenn es bergab ging. Bergab erhoben sich nur Geistesgestörte aus dem Sattel.

# 11

Am nächsten Morgen hatte ich 89 Kilo. Auf der Tankstelle war ich nicht recht bei der Sache. Wenn ich »Grüß Gott, Super voll?« sagte, überlegte ich nebenbei, wie ernst die Elsa es gemeint hatte, dass ich sie wieder einmal besuchen sollte. Während ich fragte »Öl, Wasser, Luft in Ordnung?«, stellte ich mir die Frage, nach wie vielen Tagen man frühestens auf so eine Einladung zurückkommen konnte. Beim Scheibenputzen versuchte ich, mein Spiegelbild zu sehen, um abzuschätzen, wie viel ich vor meinem Besuch mindestens noch abnehmen musste, und beim Kassieren berechnete ich gleichzeitig, wann der Tscho wohl aus Teheran zurück war. Und sollte ich ihm besser zuvorkommen oder lieber warten, bis er da war. Damit mein Besuch unverdächtig wirkte. Am gescheitesten war natürlich, wenn ich wartete, bis er zurückgekommen und wieder weggefahren war. Die Frage war nur, ob man so lange warten konnte.

Das Problem löste sich von selbst, als auf einmal der Scania hereinrumpelte. Der Tscho war gar nicht in Teheran gewesen, sondern in Griechenland. Zum Glück kamen gleichzeitig mit ihm ein Peugeot und ein Käfer herein, und der Chef dackelte in seiner Knickerbocker daher. So konnte ich dem Tscho aus dem Weg gehen. Die beiden hatten immer was Wichtiges zu reden, während sie bei der Dieselsäule drüben vor dem »Rauchen strengstens verboten«-Schild rauchten. Geschichten aus der Ferne, Zustand der Straßen, Essen, Weiber.

»Öl, Luft in Ordnung?«, fragte ich die Käferfahrerin. So nervös machte mich der Tscho auch wieder nicht, dass mir der Anfängerfehler unterlief, beim luftgekühlten Käfer nach dem Kühlwasser zu fragen. Stattdessen fragte ich nur noch »Batterie okay?« und füllte, ohne zu fragen, das Scheibenwaschwasser auf, weil ich ja beim Käfer sowieso schon zum Tanken den Kofferraumdeckel offen hatte, wo es nur ein Handgriff war, den im Reserverad untergebrachten Wasserbehälter nachzufüllen.

Nachdem ich auch den Peugeot abkassiert und zwei Schilling Trinkgeld eingesteckt hatte, arbeitete ich mich unauffällig an den Tscho heran, indem ich mich um das Zweitaktgemisch kümmerte. Der Glaszylinder, aus dem man das Gemisch in die Mopedtanks füllte, fasste fünf Liter, und theoretisch musste man das Gemisch erst hochpumpen, wenn der Mopedkunde schon da war. Man konnte aber auch auf Vorrat hochpumpen. Erstens ging es dann schneller, zweitens sah es schöner aus, wenn die orange Flüssigkeit in dem gläsernen Behälter schimmerte. Drittens kam man so in unmittelbare Nähe des Tscho.

Da die Dreier gerade aufgeraucht waren, bot er dem Chef eine Zigarette aus einem Päckchen an, das ich noch nie gesehen hatte. Aus Griechenland oder noch von einer früheren Fahrt aus der Türkei oder sogar aus Teheran. Egal woher, der Chef sagte jedes Mal dazu: »Die Lieblingsmarke des Schahs von Persien«, und zerkugelte sich beim Wort »Schahs«. Der Tscho antwortete: »Damit räucherst du jeden Lungenkrebs aus.« Und der Chef antwortete: »Und erst recht den Darmkrebs mit der Zigarette des Schahs.«

Er lachte zwinkernd zu mir herüber, was hieß, dass ich mitlachen durfte. Dann war der Scania vollgetankt, die Zigaretten waren aufgeraucht und in den öligen Asphalt getreten, und es ging in den Shop, der kaum Platz für drei Leute bot. Am Schreibtisch füllte der Chef den Lieferschein aus, wobei er den Kugelschreiber zwischen Daumen und kleinem Finger hielt, als wäre es das Normalste auf der Welt.

»Und ein Autogramm, bitte!«, sagte er und schob dem Tscho den Lieferschein hin.

Während die meisten nur einen Haken machten, unterschrieb der Tscho immer mit einem lässigen *Tscho*.

»Und jetzt heim zur Frau«, grinste der Chef und räumte den Lieferschein in die Kassenlade. »Die wird sich schon freuen. So lange ohne Mann, das ist nichts.«

»Die ist froh, wenn ich weg bin«, sagte der Tscho.

»Die wird schon ungeduldig warten«, kicherte der Chef und fuhr sich mit der Hand über die Stoppelglatze. »Wie lang warst du unterwegs diesmal?«

»Fünf Tage.«

»Fünf Tage, das ist schnell«, sagte der Chef, der selbst früher Lastwagen gefahren war. »Da hast es eilig gehabt zu deiner Alten heim.«

In dem Moment schoss die Hand des Tscho so blitzschnell nach vorn, dass ich zusammenzuckte. Aber er fuhr dem Chef nur grinsend ein paarmal über seine Igelhaare, als könnte man da irgendeine Frisur in Unordnung bringen. Dann verzog er sich zu seinem vollgetankten Laster und fuhr heim.

»Ganz eine fesche Gesellin hat der Tscho«, sagte der Chef zu mir.

Vorsichtshalber wiederholte ich seine eigenen Worte und grinste lässig: »Die wird sich bestimmt schon freuen.«

»Da werden heute noch die Vöglein zwitschern«, lachte der Chef, zwinkerte mir zu und erhob sich vom Kassatisch.

»Dann geh ich jetzt essen«, sagte er, »und nachher kannst auch Feierabend machen.«

Da nichts los war und ich den Zweitaktmischer schon aufgefüllt und die öligen Oberflächen der Zapfsäulen geputzt und das Waschwasser getauscht hatte, rief ich wieder einmal vom Shop aus die Zeitansage an. Die Schlafwandlerstimme dieser Frau hatte es mir angetan: »Es wird mit dem Summerton 17 Uhr 56 Minuten und 20 Sekunden ... Es wird mit dem Summerton 17 Uhr 56 Minuten und 30 Sekunden.« Jedes Mal, wenn ich anrief, stellte ich den Sekundenzeiger meiner Omega-Uhr auf die Sekunde genau, indem ich die Krone leicht in die falsche Richtung drehte, was sehr viel Feingefühl brauchte. Aber wenn ich am Tag darauf die Zeitansage anrief, stimmte es schon wieder nicht.

Um 17 Uhr 58 Minuten und 20 Sekunden ging ich hinaus und schaute einmal nach, ob bei meinem Rad alles in Ordnung war. Ich war froh, dass die Luft in meinem Vorderrad hielt, denn ich hatte meine Pumpe verloren. Dort, wo ich sie vermutete, konnte ich nicht so ohne Weiteres suchen.

Manchmal verirrten sich Radfahrer auf die Tankstelle und wollten ihr Rad mit der Autodruckluft aufpumpen. Natürlich ohne zu fragen. Dann schauten sie dumm, dass der Aufsatz nicht passte, und mussten wieder abziehen. Von der praktischen Druckluftpistole in der Waschgarage sagte ich ihnen natürlich nichts. Die Chefin sah es nicht einmal gern, wenn ich mein eigenes Rad damit aufpumpte. Während die beiden beim Essen saßen, konnte ich aber unbeobachtet die Druckluft hineinschießen. Ohne Anstrengung, mit einem einzigen *Pffft*. Ich pumpte beide Reifen so fest auf, wie es mit einer normalen Fahrradpumpe gar nicht ging. Nicht einen Millimeter konnte ich den Mantel mit dem Daumen hineindrücken. Sogar als ich mich hinaufsetzte, ging der

Hinterreifen nicht zusammen. Als ich probeweise extra ein bisschen auf dem Sattel herumritt, zerriss es ihn. In der Garage erzeugte das einen derartigen Knall, dass der Chef und die Chefin angerannt kamen. Sie kauten noch auf dem Abendessen herum, waren aber erleichtert, dass doch nicht die Tankstelle explodiert war. Als die Chefin hinuntergeschluckt hatte, sagte sie kopfschüttelnd: »Du bist ein schöner Depp.«

Vielleicht hat sie aber auch etwas anderes gesagt, denn ich war zwei Tage fast taub und konnte erst nach einer halben Woche wieder auf der Tankstelle arbeiten.

# 12

87 Kilo, und ich hatte mich noch immer nicht bei ihr blicken lassen. Als es am Nachmittag so heiß wurde, dass fast kein Auto mehr unterwegs war, und wir mehr Eis als Benzin verkauften, kam sie zu Fuß auf die Tankstelle.

»Was ist mit deinem Kopf los?«, erkundigte sie sich.

»Wieso, was soll mit meinem Kopf los sein?«

»Dass du so vergesslich bist«, sagte sie und legte meine Pumpe auf den Kassatisch.

»Hab ich die bei dir vergessen?«, fragte ich scheinheilig.

»Ich hätte ja geglaubt, du besuchst mich wieder einmal, dann hätte ich sie dir gegeben. Aber so muss ich sie dir halt nachtragen, wenn du mich nicht besuchen kommst.«

Sie sprach extra grob wie unter besten Freunden, das freute mich. Aber es ärgerte mich, dass sie damit meinen besten Vorwand für einen Besuch zerstört hatte.

»Ich wollte dich eh wieder einmal besuchen.«

»Jaja. Weiß ich ja, dass du was Wichtigeres zu tun hast. Alles ist wichtiger als wie ich.«

In diesem Moment machte ich eine sehr interessante Entdeckung: Niemand sprach einen schöneren Dialekt als wie sie. Nicht, weil sie aus dem übernächsten Nachbardorf war, sondern es war ihre ganz eigene Art, die niemand anderer hatte. So wie das Coca-Cola nach der geheimen Coca-Cola-Rezeptur hergestellt wurde und so wie ich das Zweitaktgemisch immer exakt 1 zu 25 mischte, nicht 1 zu 24 oder zu 26, war der einzigartige Elsa-Dialekt nach einer speziellen Formel gemischt, die ich erst entschlüsseln musste. Aber wie beim Coca-Cola war das wahrscheinlich unmöglich.

»Nein, ehrlich«, beteuerte ich. »Ich wollte nur nicht lästig sein.«

»Ich hab doch gesagt, du sollst mich wieder einmal besuchen.«

»In den nächsten Tagen schau ich vorbei«, versprach ich.

»Na, dann bin ich einmal gespannt«, sagte sie und wollte sich auf den Weg machen.

»Magst du ein Eis?«

»Ich hab kein Geld dabei«, sagte sie. »Ich muss jetzt eh wieder weiter.«

»Ich lade dich ein.«

»Du lädst mich auf ein Eis ein?«

Niemand konnte »Du lädst mich auf ein Eis ein?« kopfumdrehender sagen als wie die Elsa. Das musste man bei der Formel berücksichtigen. Und auch, wie sie sagte: »Nur wenn du auch eines isst.«

Eis. Hunderttausend Kalorien.

»Ja, sicher«, sagte ich und holte zwei Cornetto aus der Kühltruhe.

»Prost«, grinste sie, und wir stießen mit den Cornetto-Eistüten an, als wären es Cocktailgläser.

Nach so vielen Tagen ohne Zucker schmeckte das Eis unerträglich süß. Meine Zunge fühlte sich an, als hätte ich damit einen elektrischen Kuhzaun berührt. Sie war auf einmal fähig, jede Kalorie einzeln zu zählen. Mir blieb nur die Hoffnung, dass endlich ein Auto hereinbog, damit ich das Eis beim Hinauseilen versehentlich in den Dreck fallen lassen konnte. Und wenn ich nach dem Tanken in den Shop zurückkam, hatte sie ihres längst gegessen, und die Situation war wieder im Gleichgewicht. Aber natürlich kam kein Auto daher. Es fuhr ja nicht einmal eines auf der Straße vorbei. Es war halb drei. Um diese Zeit waren alle irgendwo angekommen.

»Fahrradklingeln habt ihr keine, oder?«, fragte sie mit neugierigem Blick auf die zwei Shopregale.

»Nein, wir haben nichts für Fahrräder. Das ist eine Tankstelle.«

»Hätte ja sein können. Eis habt ihr ja auch.«

»Eis hat jeder.«

»Jeder hat nicht Eis.«

»Es verkaufen sicher mehr Geschäfte Eis als Fahrradklingeln«, beharrte ich unelegant.

»Pickerl habt ihr auch.«

Sie schaute die Aufkleber mit den Sprüchen durch, die neben den Zündkerzen hingen. Am öftesten verkauften wir die ovalen »A«- und »D«-Kleber, ohne die man an der Grenze Probleme bekam. Und hier mussten die Autos dauernd über das deutsche Eck fahren, das waren gleich zwei Grenzen für ein paar Kilometer.

»A steht für ›Austria‹ und D für ›Durist‹«, sagte ich. Sie konnte ja nicht wissen, dass es ein alter Witz vom Chef war, den ich nur wiederholte.

»D für ›Durist‹«, lachte sie, »das ist gut.«

»Das würde sich bestimmt gut verkaufen«, sagte ich, »so wie das hier.«

Ich zeigte auf das gefälschte »A« mit den klein dazugedruckten Buchstaben. Es sah aus wie das offizielle »A«, aber klein stand darüber »I bin« und unter dem großen »A« stand wieder klein »Österreicher«.

»I bin A Österreicher«, las sie vor und lachte. »Das ist gut. So eines will ich auch. Darf man das nehmen? Oder wird man dafür gestraft?«

»Ich glaub nicht, dass man gestraft wird. Außer es will dich ein Zöllner sekkieren.«

Sie winkte lachend ab: »Mich haben sie einmal an der Grenze aufgehalten, und der Zöllner sagt: ›Sie haben kein A.‹ Die Bayern können aber nicht ›A‹ sagen, weißt, die sagen ›O‹. Jetzt hab ich ihn nicht verstanden. Ich sag: ›Was hab ich nicht?‹ Und er sagt: ›Kein O‹. Ich hab ehrlich nicht gewusst, was er meint, und hab gesagt: ›Was hab ich nicht? Kein O?‹ Aber ich hab wirklich ›O‹ gesagt, wie ›Omo‹ oder so, nicht so bayrisch. Stell dir das einmal vor! Ich sag zum Zöllner: ›Kein O hab ich?‹«

Ihr Lachen war schöner als wie alles, was ich jemals gehört oder gesehen habe.

Aber wie die Geschichte mit dem Zöllner ausgegangen ist, hat sie dann nicht mehr erzählt. Sie hat sich ablenken lassen vom nächsten Pickerlspruch: »Mein fester Wille, nie Frau mit Brille.«

Sie hat kurz überlegt und dann sehr ernst gesagt: »Das find ich blöd.«

»Wieso? Du hast eh keine Brille.«

Aber sie war schon wieder beim nächsten Pickerl, das länger als eine Nummerntafel war, aber schmäler:

»Mögen täten wir schon wollen«, las sie vor, »aber dürfen trauen wir uns nicht.«

Sie lachte unentschlossen: »Wem so was einfällt!«

Mir rann das Eis über die Finger. Zweimal hatte ich schon ablecken müssen. Da bog endlich ein Auto ein. Aber der grüne Escort fuhr nicht zu den Zapfsäulen, sondern direkt vor den Shopeingang. Wo der Chef extra ein gelbes Halteverbot-X auf den Asphalt gemalt hat, damit sich niemand hinstellt. Weil nur der Chef da stehen durfte. Der Chef und der Tscho.

Der Escort hatte keine Fahrertür, aber der Tscho war immer am liebsten mit dem Auto unterwegs, an dem er gerade herumschraubte. Es sah ein bisschen kriminell aus, aber es hatte den Vorteil, dass er einfach sitzen bleiben und sich so mit seiner Frau unterhalten konnte. Sie machte einen Schritt aus der offenen Shoptür hinaus und winkte ihm mit dem Cornetto zu.

»Was hast du da?«, fragte er sie, als hätte er noch nie ein Eis gesehen.

»Hat mir der Tankwart spendiert.«

»Und mir spendierst du keines?«, fragte mich der Tscho und kam jetzt doch in den Shop herein.

Ich schob lässig den Deckel der Kühltruhe auf: »Nimm dir eines.«

»Eis mag ich nicht«, winkte er ab.

»Mir ist es auch zu süß bei der Hitze«, sagte ich und steckte es einfach zwischen die Eisbecher in die Kühltruhe zurück, als wollte ich es später weiteressen. Ich durfte nur nicht vergessen, es rechtzeitig herauszunehmen, bevor die Chefin es entdeckte.

»Schau, das ist gut«, sagte sie zu ihrem Mann: »Mögen täten wir schon wollen, aber dürfen trauen wir uns nicht.«

»Ich finde den am besten«, sagte der Tscho, der die Sprüche schon einmal mit dem Chef durchgeschaut hatte: »Lieber Fremdenverkehr als gar keiner.«

»Jaja, das gefällt dir natürlich«, lachte sie.

Er legte den Arm um ihre Taille, leckte von dem Eis ab, das ich ihr geschenkt hatte, und verzog das Gesicht: »Nicht zum Fressen, das pickige Zeug!«

Zwei Tage später brach der Tscho nach Teheran auf.

# 13

Weil das Schwimmbad im Nachbarort war, packte mir meine Mutter das Mittagessen ein. Sie schnitt das Hühnerfilet in fingerdicke Stäbchen und bettete diese so kunstvoll in die Hälfte eines grünen Paprikas, dass sie am Ende eine lückenlose Ebene bildeten.

»Einen ganzen Paprika hab ich nicht mehr«, seufzte sie, »sonst könnte ich die Hendlstücke besser einpacken.«

Ich konnte mir etwas besser Verpacktes nicht vorstellen, höchstens vielleicht den Reiseproviant der Apollo-Astronauten. In ihrem Paprikabett schienen die Stäbchen wieder zu einem Stück Hühnerbrust verschmolzen. Da der Paprika der Länge nach halbiert war, sah das Ganze aus wie ein zu groß geratenes halbes Ei, nur dass das Eiweiß grün war und der Dotter aus Hühnerfleisch. Viel fehlte nicht, und die Verpackungskünste meiner Mutter hätten wieder ein gackerndes Huhn aus der Paprikahälfte schlüpfen lassen.

Am Nachmittag bewölkte sich der Himmel schon früh, und ich machte mich auf den Weg. Als ich bei der Elsa läutete, öffnete sie das Küchenfenster und winkte mich hinein.

»Dass du mich noch einmal besuchst! Ich hab schon geglaubt, du kommst gar nimmer.«

»Ich hab dir was mitgebracht«, sagte ich und präsentierte die kleine Kartonpackung, die ich auf dem Weg zum Schwimmbad gekauft hatte.

»Einen Ring?«

Sie strahlte so, als würde sie es ernst meinen.

»Sicher«, grinste ich. Von der Größe hätte es sogar fast gepasst, aber es war ja nur eine primitive graue Kartonschachtel.

»Was ist das?«

»Schau halt hinein.«

Sie öffnete vorsichtig die seitliche Lasche, spähte hinein und schaute mich fragend an.

»Eine Klingel«, sagte ich.

»Was für eine Klingel?«

»Für dein Rad. Du hast doch gesagt, du brauchst eine.«

»Was? Und deswegen kaufst du gleich eine?«

Sie wirkte ein bisschen erschrocken. Vielleicht hatte sie Angst, ich könnte ihre Frage auf der Tankstelle als unverschämten Wink aufgefasst haben.

»Was hat die gekostet?«

»Schenk ich dir.«

Jetzt nahm sie die Klingel endlich aus der Schachtel. Sie glänzte so silbern wie ein edles Schmuckstück.

»Das ist ehrlich nett, dass du sie für mich besorgt hast. Dem Tscho muss ich so was immer zehnmal sagen. Was kriegst du dafür?«

»Ein Glas Wasser.«

»Sag schon.«

»Schenk ich dir.«

»Dann musst du sie mir aber auch anschrauben.«

»Sicher.«

»Du bist ein richtiger Gentleman, oder?«

»Klingel ist wichtig. Wenn dich die Polizei ohne Klingel erwischt, zahlst du.«

»Ich hab eh eine Klingel, aber sie geht nicht.«

»Wieso geht sie nicht?«

»Sie klingelt nicht. Sie steckt.«

»Wo hast du dein Rad?«

»Hinterm Haus.«

Sie führte mich zu ihrem Rad, und ich machte mich an die Arbeit. Aber mit dem kleinen Schraubenzieher aus meinem Werkzeugtäschchen bekam ich die verrostete Klingel nicht herunter.

»Hast du eine Zange?«

»Ich schau einmal«, sagte sie, kam aber ohne Zange zurück. »In der Küche ist nichts. Das Werkzeug verräumt mir der Tscho immer. Und seinen Werkzeugraum sperrt er zu.«

»Wieso sperrt er den zu?«

»Ich glaub, da hat er seine Sexhefte drinnen.«

»Geh!«

»Ja, sicher. Hast du keine Sexhefte?«

»Bring mir lieber eine Zange, sonst hast du zwei Klingeln auf deinem Rad.«

»Ist das verboten, zwei Klingeln?«

»Verboten nicht. Aber es schaut blöd aus.«

»Mich stört das nicht. Hauptsache, eine davon geht.«

»Wenn schon, müssen beide gehen. Dann hast du für jede Hand eine«, erklärte ich ihr und machte mich bei den Ersatzteilspendern auf die Suche nach Werkzeug. Den Kadett und den Escort hatte er wahrscheinlich in die Garage gesperrt. Die Hausbesitzer wussten bestimmt nicht, dass der Tscho rund um die Garage immer mehr Schrottkisten herumstehen hatte. Wahrscheinlich ließ er die rechtzeitig verschwinden, wenn sie auf Urlaub kamen. Aber wenn sie einmal überraschend auftauchten, war er dran. In der ausgeweideten Peugeotleiche war weder ein Beifahrersitz noch eine Rückbank. Und Werkzeug schon gar keines. Der rote BMW hatte Sitze, aber dafür fehlte die Karosserie, sodass er aussah wie ein Gokart. Werkzeug fand ich auch keines, aber im Handschuhfach einen Schlüssel.

»Glaubst du, das ist der Schlüssel für den Werkzeugraum?«

Sie schaute ein bisschen zweifelnd, sagte aber: »Kann schon sein.«

»Darf ich probieren, ob er passt?«

»Klar«, grinste sie, als würde ich nach den Sexheften suchen wollen. Aber ich fand nur Werkzeuge im Keller, und die waren sehr schön geordnet. Die Zangen und Hämmer und Sägen hingen der Größe nach an der Wand, die Schraubenzieher und Schlüssel hatte er in einem eigenen Werkzeugkoffer, und die Schrauben und Muttern und Nägel waren in unzähligen kleinen Fächern auf der Werkbank sortiert. Ich wunderte mich, dass der Tscho es so genau nahm. Hier war es sogar ordentlicher als in der Werkzeugkammer neben der Waschgarage, und der Chef hatte auch eine gute Ordnung. Bei meinen Eltern gab es überhaupt nur einen Hammer und einen riesigen schwarzen Schraubenschlüssel für das Anschließen der Gasflasche. Aus unerfindlichen Gründen hatten wir als einziger Haushalt im Dorf einen Gasherd. Obwohl meiner Mutter die Gasflasche zu schwer war, überließ sie das Auswechseln nie meinem Vater. Erstens war er sowieso nicht kräftiger, zweitens wollten wir nicht in die Luft fliegen. Es wäre zumindest einmal ein Unglück gewesen, wo das röchelnde Anlaufen der Sirene uns nicht mehr aufgeschreckt hätte. Einerseits, weil wir nicht mehr da gewesen wären, andererseits, weil auch sie nicht mehr da gewesen wäre.

Ich borgte mir beim Tscho eine Zange aus und einen Schraubenzieher und eine Dose Rostspray. Der Rostlöser machte die Arbeit sehr einfach. Ich schraubte alle Teile auseinander, reinigte sie und fügte sie wieder zu einer Klingel zusammen, die wie neu war. Gottseidank schaute die Elsa mir dabei nicht zu. Aber als ob sie mich heimlich beobachtet hätte, tauchte sie genau in dem Moment auf, als ich die Klingel wieder montiert hatte.

»Jetzt hast du zwei Klingeln«, sagte ich und führte sie ihr vor.

»Linker Kanal!«, sprach ich mit der getragenen Stimme des Radiosprechers beim Stereotest und läutete bedeutungsvoll mit der linken Klingel, die ich damit zu einem zweiten Leben erweckte.

Als sie verklungen war, verkündete ich mit der Stereoteststimme »Rechter Kanal!« und läutete rechts mit der neuen Klingel, die zum Glück ein bisschen schöner klang. Und bevor ich dazu kam, abschließend mit dem ganzen Nachdruck der Radiosprecherstimme »Mitte!« zu schmettern, jubelte schon die Elsa »Mitte!«, und ich klingelte mit beiden, was das Zeug hielt, um mit meinem Klingelkonzert die normalerweise auf den Stereotest folgende Sendung *Big Band Sound in Stereo* zu ersetzen.

»Weißt du was?«, lachte sie. »Die Frau, die dich einmal kriegt, hat ein Glück.«

»Sag das nicht.«

»Doch.«

»Vielleicht krieg ich gar keine.«

»Wieso? Willst du Pfarrer werden?«

»Spinnst?«

»Spinnst, sagt er«, grinste sie.

»Ich werde sicher nicht Pfarrer.«

»Schade. Sonst wäre ich zu dir beichten gekommen.«

»Kannst so auch beichten bei mir.«

»Ach so? Das täte dir gefallen?«

»Sicher. Du hast bestimmt viel zu beichten.«

»Ah, da redet der Richtige.«

Sie schaute mich so an, als könnte sie mit ihren Röntgenaugen direkt dorthin schauen, wo sich in meinem Hirn der versperrte Werkzeugraum mit den Elsagedanken befand. Ich versuchte aber durch Lässigschauen einen Sichtschutz aufzubauen. Und vorsichtshalber klingelte ich noch einmal mit der einen und dann mit der anderen Klingel und zum Schluss mit beiden. Aber dieses Mal ohne Spruch.

# 14

»Das erzähl ich dem Tscho lieber nicht, dass du mir eine Klingel geschenkt hast«, sagte sie, als ich vom Händewaschen zurückkam.

»Wieso?«

»Da wird er nur eifersüchtig.«

»Gegegeh!«

Ich wusste genau, dass sie mich nur in Verlegenheit bringen wollte. Aber dass ich das wusste, hieß noch lange nicht, dass es ihr nicht gelang.

»Ich muss jetzt eh düsen«, sagte ich.

»Aber ein Eis isst du schon noch mit mir.«

»Das pickige Zeug ist mir zu süß in letzter Zeit«, sagte ich mit tschohafter Eisverachtung.

»Du hast mir auch ein Eis spendiert. Jetzt kannst nicht meines ablehnen. Ich hol schnell eines aus der Kühltruhe.«

»Du hast eine Kühltruhe?«

»Ich nicht. Aber die Herrschaften haben natürlich eine.«

»In der Schule haben wir eine Geschichte gelesen über einen Mörder, der hat seine Frau in der Kühltruhe gelagert. Und am Abend hat er sie herausgeholt und im Rollstuhl auf die Terrasse gestellt. Damit die Nachbarn glaubten, sie lebt noch«, erzählte ich ihr, um sie vom Eis abzulenken.

»So was lest ihr in der Schule?«

»Ja, in Englisch.«

»Da lest ihr Geschichten? Ich hab geglaubt, da lernt man Englisch.«

»Wir haben sie ja auf Englisch gelesen.«

»Ehrlich? Eine ganze Geschichte auf Englisch?«

»Ja.«

»Ist das schwer?«

»Geht schon. Leichter als Latein.«

»Latein!« Sie schüttelte ungläubig den Kopf. »Aber Englisch möchte ich schon können. Wie der Mister Mars einmal zu den Chefleuten zum Abendessen gekommen ist, hab ich kein Wort verstanden.«

Der amerikanische Schokoladenfabrikant Mister Mars hatte hier auch irgendwo eine Villa. Genau wie der deutsche Bundespräsident Scheel und der Nazi Spitzy und alle möglichen Millionäre.

»Hast du gewusst, dass der Mister Mars nicht nur die Mars-Schokolade macht?«, fragte ich sie. »Milky Way und Nuts macht der auch. Und Bounty.«

»Woher weißt du das?«, fragte sie zweifelnd.

»Als Sternsinger haben wir bei ihm geklingelt.«

»Und hat er euch aufgemacht?«

»Sicher.«

»Habt ihr schön gesungen?«

»Sicher. Aber er hat den Brauch nicht verstanden. Er hat kein Geld für die Hungernden in Afrika gespendet, sondern jedem von uns einen Kartonstiefel geschenkt, in dem ein Mars, ein Milky Way, ein Nuts und ein Bounty waren. Jedem! Nicht einen für alle.«

»Das hat euch gefreut, oder?«

»Sicher, aber Geld hat er keines gespendet.«

»Wahrscheinlich hat er es nicht verstanden.«

»Sag ich ja.«

»Habt ihr beim Spitzy auch geklingelt?«

»Der hat uns nicht aufgemacht.«

»Und der Scheel?«

»Der war nicht da.«

»Das weiß man ja nicht, ob sie wirklich nicht da sind oder nur nicht aufmachen. Die Reichen sind am geizigsten.«

»Deine Chefleute sind auch nicht oft da, oder?«

»Fast nie. Eine Woche im Winter oder zwei. Die haben überall Häuser auf der Welt.«

»Vielleicht hast du sie auch in der Kühltruhe versteckt.«

»Ja«, lachte sie. »Könnte man fast glauben. Aber das wäre eine blöde Idee, weil dann krieg ich keinen Lohn mehr.«

Ich ärgerte mich, dass ich die Kühltruhe noch einmal ins Spiel gebracht hatte. Jetzt wird sie das Eis holen, fürchtete ich. Aber sie sagte nur: »Wie heißt ›Eis‹ auf Englisch?«

»Icecream.«

»Eis Creme«, wiederholte sie und lachte.

Mir fiel auf, dass es in ihrer Aussprache noch kalorienreicher klang, weil man an eine fette Tortencreme denken musste. Ich sagte aber nur: »Siehst, ist gar nicht so schwer.«

»Eis Creme ist leicht. Wie heißt ›Fahrradklingel‹ auf Englisch?«

»Bell.«

»Bell? Wie ein Hund?«

»Ja. Bell.«

»Bell«, lachte sie. »Weil man die Leute zur Seite bellt. Und wie heißt ›Hund‹?«

»Dog.«

»Dogg? Alle Hunde, nicht nur die Doggen?«

»Ja, alle. Dog.«

»Dogg. Das ist leicht.«

»Ich muss jetzt düsen.«

»Was ist mit der Eis Creme?«

»Ein anderes Mal.«

»Schau wieder einmal vorbei.«

»Dann richte ich dir deine Gangschaltung. Die ist auch hin.«

»Ich schalte eh nie. Sag deiner Mamm einen schönen Gruß.«

»Lieber nicht.«

Und sie rief mir nach: »Danke für die Klingel! Bell!«

Ich saß schon auf meinem Rad, winkte ihr im Bergabrollen noch einmal und schaltete auf den Fünften, dann gleich auf den Zehnten. Ich nahm mir vor, sie so bald wie möglich wieder zu besuchen. Aber nicht, bevor ich unter 85 Kilo war.

# 15

Drei Tage lang hat der Tscho sich in unserer Waschgarage eingenistet. Er ist mit einem demolierten Renault 5 eingeritten und hat beim Chef angegeben, wie billig er ihn gekriegt hat.

»Ein Blechschaden zum Preis von einem Totalschaden«, hat er behauptet.

»Und ein Leben lang Arbeit«, lachte der Chef.

Wegen dem Tscho konnte ich drei Tage lang keine Autowäsche annehmen, was mir immer am meisten Trinkgeld einbrachte. Ich verlor dadurch 50 Schilling mindestens. Wenn nicht 70. Aber so etwas kratzte einen Tscho nicht. Ohne Pause hat er die drei Tage durchgearbeitet. Wenn ich am Abend heimging, war er noch am Schrauben, und wenn ich am Morgen kam, war er schon wieder da. Viel geschlafen kann er nicht haben. Aber daran ist ein Fernfahrer ja gewöhnt.

Nur einmal musste er die Garage für eine halbe Stunde freigeben, weil der Chauffeur vom deutschen Bundespräsidenten den Dienstmercedes waschen wollte. Manchmal kam der Präsident sogar selbst tanken, aber nie mit dem Dienstmercedes, sondern mit der orangen Ente seiner Frau Mildred. Wenn seine Landsleute ihn entdeckten, fotografierten und filmten sie ihn, und ich ließ sie spüren, dass ihr Präsident für mich ein alter Bekannter war. Nur keine Aufregung, gab ich ihnen durch betontes Desinteresse zu verstehen, es ist nur der Walter.

Lieber war mir natürlich der Chauffeur, der ließ immer einen Zehner springen. Und obwohl er den Dienstmercedes aus Prinzip selbst wusch, gab er mir nachher den Zehner. Der darf keinen an das Präsidentenauto lassen, behauptete der Chef. Aus Sicherheitsgründen. Aber ich glaubte eher, dass er einfach genauso gern Auto wusch wie ich. Ein leutseliger Typ, der mit jedem redete und lachte. Nur der Tscho zeigte ihm die kalte Schulter. Er war angefressen, dass er die Garage für eine halbe Stunde freigeben musste. Am Tscho biss sich sogar der Chauffeur vom deutschen Bundespräsidenten die Zähne aus.

Zum Abledern stellte der Präsidentenchauffeur die Dienstlimousine ins Freie, damit der Tscho nicht so lange warten musste. So war der! Überhaupt nicht überheblich! Aber der Tscho bedankte sich nicht einmal. Ich versuchte, dieses Benehmen durch besonders freundliches Verhalten dem Chauffeur gegenüber auszugleichen, und erwähnte, dass der R5 vom Tscho dasselbe Orange hatte wie die Ente der Präsidentengattin Mildred. Die Farbe meiner Waage erwähnte ich nicht.

»Gut beobachtet, junger Mann«, sagte der Chauffeur.

»Nur dass die Ente in einem tadellosen Zustand ist!«

»Hat aber auch schon die eine oder andere Schramme abgekriegt«, lachte der Chauffeur spitzbübisch, als könnte er Geschichten über die Fahrkünste der Präsidentengattin oder gar des Präsidenten selbst erzählen, die aber leider Staatsgeheimnis waren. Aber wahrscheinlich wollte er nur auf meine Freundlichkeit etwas Nettes antworten. Zu freundlich durfte ich natürlich auch nicht sein, sonst glaubte er, dass ich nur auf den Zehner aus war. Es war wahnsinnig schwierig im Leben, nicht in einen falschen Verdacht zu geraten.

Als der Chauffeur sich auf den Weg machte, war ich erleichtert. Jetzt konnte ich aufhören, mich für den Tscho zu schämen, und ihm wieder in Ruhe auf die Finger schauen. Der Tscho war ein geschickter Bastler. Ich versuchte, mir möglichst viel abzuschauen. Zum ersten Mal, seit ich auf der Tankstelle arbeitete, hat es mich geärgert, wenn viel Geschäft war, weil ich dann längere Zeit nicht in der Garage sein konnte.

Er dagegen hat es gar nicht bemerkt, ob ich da war oder nicht. Er war ununterbrochen am Spachteln und Schleifen und Schrauben. Geredet hat er nichts. Nicht einmal aufgeschaut. Nur einmal hat er mich zusammengeschissen, weil ich dem frisch gespritzten Kotflügel zu nahe gekommen bin.

»Ich bin ja gar nicht angekommen!«, verteidigte ich mich.

Nichts hasste ich so sehr wie ungerechte Vorwürfe. Besonders, wenn es darauf hinauslief, dass ich meine Dimensionen unterschätzte. Dabei stand ich doch mindestens einen halben Meter von dem Kotflügel entfernt. Deshalb war meine Verteidigung vielleicht ein bisschen gereizt ausgefallen. Jedenfalls packte der Tscho aus seiner gebückten Schraubhaltung heraus ohne Vorwarnung meinen Shellmantel ganz unten und drehte den Saum blitzschnell nach oben.

Wenn man ganz genau schaute, konnte man an der Stoffkante eine winzige orange Farbspur vom frisch lackierten Kotflügel des R5 erkennen.

»Entschuldigung.«

Vielleicht hatte ich auch schon so viel abgenommen, dass der Mantel zu weit war und deshalb eigene Wege ging.

»Sag nicht, du bist nicht angekommen«, sagte der Tscho ruhig und machte sich gleich wieder an die Arbeit. Immerhin keine langen Vorhaltungen, nicht einmal ein richtiger Zusammenschiss. Ich bewunderte ihn dafür, wie genau er das gesehen hat.

Nach drei Tagen stand der orange Renault wie neu vor der Waschgarage. Ich umkreiste ihn bewundernd, passte aber gut auf, dass ich nicht näher als einen Meter kam, obwohl die Farbe schon längst trocken war.

»Und?«, sagte der Tscho erschöpft. »Was sagt er?«

»Gewaltig«, sagte ich.

Er nickte und zog den Rotz auf: »Gewaltig, sagt er.«

Der Chef kam heraus, und sogar die Chefin stellte sich bewundernd dazu. Der Renault leuchtete in der Sonne, dass es eine Freude war.

»Sondergenehmigung hat er aber noch keine«, zwinkerte der Chef dem Tscho zu.

Vom Vorbesitzer klebte noch ein »MO« auf der Windschutzscheibe. Eigentlich war es egal, weil der autofreie Tag nicht mehr galt. Entfernen durfte man die Pickerl aber trotzdem nicht. Richtig abgeschafft war der autofreie Tag nämlich auch nicht, nur ausgesetzt. Theoretisch galt er noch. Die Energiekrise war noch nicht vorbei. Wenn es wieder schlimmer wurde, konnte der Minister über Nacht sagen, jetzt gilt er wieder.

Der Chef kramte aus seiner Brieftasche ein nagelneues »S« und steckte es dem Tscho heimlich zu. Aber nicht richtig heimlich, sondern so heimlich, dass wir es sehen sollten, die Chefin und ich.

»Ihr seid mir zwei Spinner!«, lachte die Chefin, als der Tscho das »S« ohne amtliche Genehmigung neben das »MO« auf die Windschutzscheibe klebte. Der Tscho gefiel ihr, das sah ein Blinder. Oder vielleicht hörte man es eher. An der Art ihres Gelächters. Und wie sie »Spinner« sagte. Zu mir hatte sie nicht »Spinner« gesagt, als es mir den Reifen zerriss, sondern »Depp«. Das war der Unterschied.

Der Tscho stieg ein, winkte den beiden noch einmal kurz zu, ignorierte mich und fuhr das Auto ohne Nummerntafel heim. Er war ein Arschloch, aber ein guter Mechaniker.

# 16

Zwei Tage nachdem der Tscho nach Teheran aufgebrochen war, bog der orange Renault 5 zum Tanken herein.

»Super voll?«, fragte ich.

»Und einmal Scheibe putzen, bitte«, grinste die Elsa beim Seitenfenster heraus.

Am liebsten hätte ich ihr einen Kratzer in den neuen Lack hineingemacht. Oder extra übertankt, damit ein Benzinrinnsal den neuen Lack versaute. Oder wenigstens beim Scheibenputzen das Wasser am Schluss nicht ordentlich aus dem Winkel getupft, damit es auf den Lack hinaussickerte. Dem Chef gegenüber hatte der Tscho angegeben, was für ein Geschäft er mit dem R5 machen würde, und jetzt war es ihr Auto. Ein Geschenk vom Tscho. Ich versuchte, den Wert eines Renault 5 in Fahrradklingeln umzurechnen. Aber in Mathematik war ich nicht besonders gut.

»Machst du einen Ausflug mit mir?«, fragte sie, während ich die Scheibenwischer wegklappte, obwohl die Scheibe gar nicht richtig dreckig war.

»Ich muss arbeiten.«

Eines musste ihr der Neid lassen. Der R5 stand ihr gut. Kein Auto stand einer schönen Frau besser als ein R5. Und keiner Frau stand ein R5 besser als der Elsa. Das konnte niemand bestreiten.

»Muss ja nicht heute sein«, sagte sie.

Mir fiel auf, dass ich immer noch versuchte, den Lack nicht zu berühren. Was natürlich unmöglich war, wenn man die Scheibe ordentlich putzen wollte. Und ich putzte sie makellos, ohne das geringste Rinnsal auf dem Lack. Schließlich war es nicht die Schuld des R5, dass die Elsa sich von einem anderen Autos schenken ließ.

»Öl, Wasser, Luft, alles in Ordnung?«

»Keine Ahnung.«

»Soll ich nachschauen?«

Natürlich war alles in bester Ordnung. Ohne Service übergibt ein Tscho das Auto nicht seiner Frau.

»Was ist mit morgen?«, ließ sie nicht locker. »Drehst du morgen eine Runde mit mir?«

»Morgen geht nicht.«

»Wieso nicht?«

»Morgen ist Montag. Du hast ein Montagspickerl.«

»Also ja?«, sagte sie, denn jeder wusste, dass der autofreie Tag ausgesetzt war.

Ich fragte mich, was diese Frau immer zu strahlen hatte.

»Morgen hab ich keine Zeit«, log ich.

Wenn ich am Sonntag arbeitete, war der Montag immer frei. Den ganzen Montag dachte ich dann darüber nach, warum ich behauptet hatte, keine Zeit zu haben. Aus Stolz natürlich. Aus Stolz ins eigene Fleisch geschnitten. Das musste eben auch manchmal sein.

»Und übermorgen muss ich arbeiten. Und am Mittwoch besuche ich meinen Vater.«

»Wie fährst du da?«

»Mit dem Postauto.«

»Hin und retour an einem Tag?«

»Sicher.«

Seit der Tscho den R5 vollgetankt hat, konnte sie nicht weit gefahren sein. Keine zehn Liter hatten Platz. Wahrscheinlich wollte sie mir nur ihr neues Auto zeigen. 45 Schilling und 11 Groschen war eine der unangenehmsten Summen, die man sich vorstellen konnte. Da war es praktisch unmöglich, auf einen eleganten Betrag hinzutanken. Der Einfüllstutzen des R5 ließ nicht zu, dass man viel nachtankte. Wenn ich probierte, auf 50 Schilling aufzurunden, rann am Ende garantiert die Suppe den neuen Lack hinunter. Oder ich musste bei 49,80 in letzter Sekunde aufgeben, dann war ich endgültig blamiert. Bei einem Groschenbetrag hängengeblieben. So etwas durfte mir in meinem zweiten Sommer einfach nicht mehr passieren. Und halb rund auf 47 oder 48 Schilling hinzutanken war primitiver Trinkgeldzwang, schon fast Erpressung! Bei jedem anderen Kunden hätte ich es natürlich so gemacht.

Ich entschied mich, es schon bei 46 Schilling gut sein zu lassen, von den schlechten Möglichkeiten noch die am wenigsten peinliche. Vier Schilling konnte man sich als Kunde noch herausgeben lassen, oder zwei Schilling Trinkgeld geben und 48 sagen, das ging auch.

»Macht 46 Dollar«, sagte ich lässig, während ich an ihr vorbei in die Ferne blickte, als würde ich dort etwas Interessantes beobachten.

»Du bist aber ganz schön teuer.«

»Der Finanzminister.« Ich zeigte chefmäßig auf das kreisförmige Diagramm, das seit der Energiekrise auf jeder Zapfsäule klebte und den Literpreis darstellte. »Hier kassiert der Finanzminister«, stand darüber, und die Hälfte des Kreises war hellblau, und das wäre der Preis gewesen ohne die dunkelblaue Hälfte der 50-prozentigen Mineralölsteuer.

Die Elsa schaute aber nicht einmal richtig hin, gab mir einen Fünfziger und sagte: »Stimmt so.«

»Die Firma dankt«, antwortete ich lässig. Ein Spruch, den ich schon öfter vom Chef gehört hatte.

»Wie lang bist du denn da unterwegs zu deinem Tatt?«

»Mit Umsteigen zweieinhalb Stunden.«

»Was?«, rief sie so entsetzt, als hätte ich ihr eine Rechnung über 220 Schilling präsentiert wie für den Jaguar XJ12 mit den zwei Tanks. »Übers deutsche Eck?«

»Sicher, der Bus fährt nur übers deutsche Eck.«

»Da bin ich ja mit dem Auto in einer guten Stunde draußen!«, rief sie ungläubig. »Soll ich dich schnell hinausreißen am Mittwoch?«

»Nein. Danke. Meine Mutter fährt ja auch mit.«

»Deine Mamm kann ja mitkommen. Oder fährt die lieber mit dem Postauto?«

Ich verdrehte nur die Augen, und am Lächeln der Elsa sah ich, dass sie genau verstand, was ich meinte. Mit ihr und meiner Mutter in einem Auto! Eine Stunde, womöglich eineinhalb Stunden lang. Hin und retour drei Stunden. Etwas Schlimmeres konnte ich mir kaum vorstellen. Meine Mutter brauchte keine zwei Minuten, um jeden Menschen so zu beleidigen, dass ich es nie wieder wagte, der beleidigten Person vor die Augen zu kommen. Schon jetzt war mein Weg durch das Dorf ein komplizierter Zickzackkurs, um die beleidigten Häuser zu vermeiden. Da musste nicht die Elsa auch noch dazukommen. Noch schlimmer war nur, wenn meine Mutter einen guten Tag hatte und keinen beleidigte. Dann redete sie neben mir über mich. Es war ihr sogar zuzutrauen, dass sie meine Abmagerungskur erwähnen würde.

»Dreh lieber einmal nur so eine Runde mit mir«, sagte ich. »Das Postauto ist kein Problem. Meine Mutter wird nervös, wenn wir den Plan noch ändern.«

Zum Glück ist in dem Moment der Chef dahergekommen, neugierig, was es hier zu plaudern gab.

»Und? Wie geht dein Flitzer?«, fragte er mit blitzenden Augen.

»Für mich langt's leicht«, sagte die Elsa.

»Ich glaub, der geht wie die Feuerwehr!«, grinste der Chef und fuhr sich mit der Hand über den Kopf. »Der Tscho hat dir Extra-Pfeffer eingebaut in die Mühle.«

Sein Gekicher mischte sich mit dem Motorklang, als sie den R5 startete. Und als sie weg war, sagte der Chef: »Das ist ganz eine Süße, die sich der Tscho da geangelt hat. Ganz eine liebe Maus.«

Der Chef war in Ordnung. Aber manchmal war mir lieber, wenn er schnell wieder im Haus verschwand.

# 17

Wie erwartet wurde meine Mutter krank und ließ mich allein ins Irrenhaus fahren. Nach ihrem Kuchenbackmarathon duftete die Wohnung verführerisch, aber ihr Körper musste es büßen. Ins Kreuz war es ihr eingeschossen. Seufzend packte sie einen Jahresvorrat Kuchen für den Vater in die Reisetasche und schärfte mir ein, dass ich die Tasche weder schwenken noch kippen durfte. Auch nicht im Autobus ins Gepäcknetz stellen, sondern wenn möglich neben mich auf den Sitz. Aber aufpassen, dass sich keiner draufsetzt! Bei den Leuten weiß man nie.

Sie hatte die Kuchenstücke so kunstvoll eingepackt, dass sie unmöglich verrutschen konnten. Auch gegenseitiges Erdrücken hatte sie durch wohlüberlegte Stapeltechnik ausgeschlossen. Nach einem apokalyptischen Erdbeben wäre das einzige nicht eingestürzte Gebäude auf Erden ein von meiner Mutter gepackter Essensstapel. Dass sie das Werk jetzt in meine unzuverlässigen Hände entlassen musste, machte sie nervös. Sie gab mir eine Anleitung, wie ich im Krankenhaus zuerst die Biskuitroulade und dann den ersten Kuchen und dann den zweiten Kuchen und dann den dritten Kuchen aus der Tasche heben musste. An der überstehenden Papierlasche nehmen und so herausheben. Und dann hier hingreifen und so herausheben. Bestimmt wurden Bombenleger weniger genau geschult, damit ihnen die Bombe nicht schon am Hinweg explodierte. Nur gut, dass mein Bruder nicht hier war, sonst hätten wir uns angeschaut. Und wenn wir uns in so einer Situation anschauten, mussten wir lachen, und dann war die Katastrophe fertig.

Ich war froh, als ich endlich auf dem Weg zur Haltestelle war. Die Tasche mit der Bombe hielt ich so still, dass mir schon nach ein paar Metern der Arm wehtat. Ich fragte mich gerade, ob ich von der rechten auf die linke Hand wechseln durfte oder ob das schon zu viel Unruhe für den Kuchen war, als sich neben mir ein oranger R5 einbremste.

»Steig ein!«, rief sie und deutete mit dem Kopf auf den Nebensitz. Mit den Händen konnte sie nicht deuten, die wurden genauso magnetisch vom Lenkrad festgehalten wie meine von der Tasche, nachdem ich mich für beidhändiges Tragen entschieden hatte.

Ich setzte mich auf den Beifahrersitz und stellte mir den Kuchen auf die Oberschenkel. »Mit der schweren Tasche bin ich froh, wenn du mich zur Haltestelle runterbringst.«

»Die Tasche kannst du nach hinten schmeißen.«

»Passt schon, ist nicht schwer.«

»Jetzt hast gerade gesagt, sie ist schwer«, lachte sie.

»Jaja, schwer zum Tragen, aber nicht zu schwer auf den Knien für die paar Meter. Das muss man unterscheiden.«

»Ah, da bist du ganz ein Genauer?«

»Sicher.«

»Was hast du denn drinnen?«

»Drei Kuchen.«

Die Biskuitroulade unterschlug ich. Und auch das gekochte Rindfleisch, das meine Mutter für mich in eine Alufolie gepackt hatte. Es war ja Mittwoch, und in zwei Stunden durfte ich wieder etwas essen.

»Drei ganze Kuchen?«

»Und ein paar Kilo Äpfel. Cox Orange.«

»Das ist aber dann schon schwer.«

»Und eine Biskuitroulade.«

»Biskuitroulade mag ich nicht.«

»Ich auch nicht.«

»Und deine Mamm fährt nicht mit?«

»Nein. Schlecht beisammen.«

»Hast dir eh gedacht, oder?«

»Sicher. Bleib stehen!«

Zuerst dachte ich, sie hat die Haltestelle übersehen, weil sie sich zu sehr mit mir und meiner Tasche beschäftigte.

»Ach, die fünf Kilometer reiß ich dich schnell hinaus! Dann sparst dir wenigstens die Warterei auf das Umsteigen.«

»Danke«, sagte ich. »Das ist nett von dir.«

Genau genommen musste ich zwar dann länger warten, wenn ich früher draußen war, aber ich wollte nicht kleinlich sein.

»Trinkst noch einen Kaffee mit mir, und dann steigst gemütlich ein. Nachher bist eh noch lang genug unterwegs.«

»Den zahl aber ich.«

Doch am Postautobahnhof rauschte sie genauso vorbei wie vorher an der Haltestelle. Grinsend stieg sie aufs Gas.

»Mit dem Auto sind wir gleich draußen. Schade um die Zeit.«

»Das geht nicht.«

»Ich muss eh fahren üben.«

»Ich hab meinen Pass nicht mit.«

»Wieso hast keinen Pass mit? Den brauchst doch fürs deutsche Eck.«

»Im Bus nicht, der fährt durch.«

Sie schaute kurz in den Rückspiegel, als wollte sie mitten auf der Landstraße zusammenbremsen und eine Kehrtwendung hinlegen, um meinen Pass zu holen.

»Ach was, Hauptsache, die Fahrerin hat einen Pass. Wenn

der Tscho gefahren ist, haben die meinen Pass noch nie so genau angeschaut. Wirst sehn, ich lach den Zöllner nett an, dann winkt er uns durch.«

»Das bezweifle ich«, sagte ich, obwohl ich es mir gut vorstellen konnte.

Dann überholte sie den grauen Dieselmercedes, der mit einem Stehsiebziger unterwegs war.

»Fahrer mit Hut!«, kommentierte sie vergnügt, während sie an ihm vorbeibretterte. »Und notfalls lass ich dich an der Grenze auf das Postauto warten. Dann hast immer noch keine Zeit verloren.«

Sie legte ihre Adriano-Celentano-Kassette ein, und ich versuchte, die Reisetasche ganz vorsichtig hinter meinen Sitz zu manövrieren.

»Riecht gut, der Kuchen von deiner Mamm.«

»Magst ein Stück?«

»Das wär noch das Schönere!«, lachte sie. »Dass wir deinem Tatt den Kuchen wegessen.«

»Ihm würde das eh gefallen.«

»Das stimmt«, sagte sie, »dein Tatt würde lachen.«

Ein bisschen kippte ich die Tasche. Aber nicht stark. Dafür war sie jetzt gut eingekeilt. Das war das Wichtigste. Schön langsam begann ich, mich mit der Situation anzufreunden, und ich wunderte mich, dass diese Landschaft, durch die ich normalerweise ins Internat transportiert wurde, auf einmal nichts Deprimierendes mehr hatte. Vielleicht lag es an dem schönen Vormittagslicht.

»Was denkst du?«, fragte sie.

»Nichts.«

»Hast du Angst?«

»Wieso soll ich Angst haben?«

»Weil du so still dasitzt.«

»Glaubst, dass ich vor dir Angst habe?«

»Vor der Nervenheilanstalt.«

»Ach so. Nein, das ist ein ganz normales Krankenhaus. Sogar schöner, mit einem Park. Nervenheilanstalt, das hab ich schon lange nicht mehr gehört.«

»Wieso? Wie sagt man sonst?«

»Naja. Klapsmühle«, lachte ich.

»Nein, sag!«, ließ sie nicht locker. »Wie sagt man richtig?«

»Landesnervenklinik, glaub ich.«

»Willst du auch Doktor werden?«

»Nein. Bestimmt nicht.«

»Würde aber schon zu dir passen. Lateinisch kannst eh. Aber du willst ja Pfarrer werden«, lachte sie.

»Hör auf! Ich bin froh, dass ich Ferien hab.«

»Gefällt dir die Musik?«

»Jaja«, log ich.

Dann legte sie die Kassette ein, die der Tscho einmal im Shop für sie gekauft hat.

»Let it down, let it down«, sang George Harrison, »let your hair hang all around me«, und dann gemeinsam mit der Elsa: »Let your love flow.«

Ihre Stimme passte wahnsinnig gut zu der von George Harrison, der sich so sehnsüchtig wünschte, dass die Haare der Elsa sich um ihn legten. »Let it down, let your love flow.«

»Was singt der da?«, fragte sie.

»Irgendwas über die Liebe.«

»Das versteh ich auch. Love, gell! Aber das andere?«

»Flow«, sagte ich.

»Floh.« Sie kicherte: »Der verliebte Floh.«

»Das heißt aber nicht ›Floh‹. Sondern ›fließen‹.«

»Fließen?«

»Fließen, so wie ein Bach.«

»Was heißt ›Bach‹ auf Englisch?«

»River.«

»Du kannst Englisch, das imponiert mir.«

»So gut kann ich es auch nicht.«

»River. Floh«, wiederholte sie. »›Bell‹ heißt Klingel, gell? Eis Creme.« Dann sang sie wieder mit, trommelte mit den Fingern auf das Lenkrad und fragte mich: »Und was heißt das dann?«

»Let your love flow. Lass deine Liebe fließen.«

»Ehrlich?«

»Sicher.«

»Das klingt schön, lass deine Liebe fließen.«

»Geh, das ist doch kitschig.«

»Das ist kitschig, sagt er«, lachte sie. »Lass die Liebe fließen, das ist schön. Wie ein Bach!«

»Geh, das klingt blöd.«

Weil das Lied aus war, spulte sie die Kassette zurück und spielte es noch einmal. Der Beatle, der mir lieber war als die anderen, die sich immer in den Vordergrund drängten, erzählte, dass die Elsa zwar auf dem Fahrersitz drüben saß, aber er konnte sie trotzdem bei sich herüben spüren, und im Prinzip wartete er nur darauf, dass ihre Haare zu ihm herüberflatterten.

»Let your hair hang all around me«, bettelte er, und die Elsa fragte mich: »Wieso hast du eigentlich noch keine Freundin?«

»Wer sagt, dass ich keine hab?«

»Ach so? Erzähl!«

»Neugierige Leute sterben früh.«

»Let your love flow«, sang sie und schaute mich von der Seite an: »Jetzt versteh ich das.«

Ich sagte vorsichtshalber nichts mehr.

»Deine Mamm kann auch Englisch.«

»Ja, aus dem Krieg. Oder nach dem Krieg. Briefzensur bei den Amis.«

»Deine Mamm ist zu gescheit.«

»Wieso?«

»Ja, glaub mir. Zu gescheit. Das macht unglücklich. Deine Mamm müsste auch mehr die Liebe fließen lassen.«

»Geh, bitte!«

»Aber dass sie Englisch kann, das imponiert mir.«

An der Grenze wurden wir herausgefischt. Der Zöllner hatte kein Verständnis für das schöne Lächeln, das die Elsa ihm als Ersatz für meinen Pass anbot.

# 18

Der Zöllner schaute wahnsinnig ernst und kontrollierte nicht nur ihren Pass, sondern auch die Fahrzeugpapiere. Als er feststellte, dass das »S« an der Windschutzscheibe nicht in der Zulassung des R5 eingetragen war, bestand er nur noch aus Stirnrunzeln.

»Das ist Dokumentenfälschung, Fräulein«, sagte er und ließ uns aussteigen.

Ihre Rechtfertigung, der autofreie Tag sei doch nur noch theoretisch gültig und sogar im Fernsehen hätten sie gesagt, dass er nicht mehr kommen wird, tröstete den Zöllner auch nicht. Mit einer Trauermiene, als hätte er uns mit einem Kilo Rauschgift erwischt, deutete er uns, dass wir ihm ins Zollgebäude folgen sollten.

Meine Reisetasche musste ich auch mitnehmen. Im Auto hatte er nur einen Blick hineingeworfen, aber im Zollbüro nahm er sie auseinander. Einzeln hob er die Kuchen heraus, aber komischerweise genauso vorsichtig, wie meine Mutter es mir eingetrichtert hatte. An den richtigen Papierlaschen hob er sie sorgfältig heraus und dann wieder genauso konzentriert hinein. Meine Mutter wäre begeistert gewesen.

»Eine ganze Reisetasche voll Kuchen!«, sagte er kopfschüttelnd. »Willst du eine Konditorei aufmachen?«

»Nein.«

Ich durchschaute ihn. Er hatte es auf die Elsa abgesehen, aber sicher nicht wegen dem »S«. Und er genoss es, sie zappeln zu lassen, indem er sie ignorierte und zuerst einmal mit mir anfing.

»Isst du die alle selber?«

»Nein.«

»Schauen aber gut aus«, sagte er bekümmert. »Nur Biskuitroulade mag ich nicht. Für wen ist der ganze Kuchen? Für deine Freundin da?«

Wenn ich alle drei Kuchen und die Biskuitroulade auf einen Schlag verspeist hätte, wären die Kalorien noch nicht herinnen gewesen, die ich verbrannte, als er »deine Freundin da« sagte.

Die Elsa grinste. Ganz blöd war ich aber auch nicht. Er hat geglaubt, er kann mit ihr anbandeln, indem er sich über mich lustig machte. Zuerst wollte er mit der vollkommen unerreichbaren Renault-5-Göttin ein bisschen über ihren Kuchen transportierenden Beifahrerdeppen lachen und die Stimmung auflockern. Und dann wollte er von ihr angebettelt werden. Damit er ein Aug zudrückte wegen der Dokumentenfälschung. Jetzt bot er ihr auch noch wie beim Verhör im Fernsehen eine Zigarette an. Ausgerechnet eine Flirt! Während er mit mir redete, hielt er ihr nebenbei seine Packung hin. Da sie nicht ablehnte, blieb mir nichts anderes übrig, als die Stimmung zu verderben.

»Der Kuchen ist für meinen Vater«, sagte ich.

»Für deinen Vater? Wieso isst der so viel Kuchen?«

Ich zuckte mit den Schultern.

»Wo ist dein Vater?«

»Im Irrenhaus.«

»In der Landesnervenklinik?«, fragte der Zöllner zurück. Dabei hatte ich extra »Irrenhaus« gesagt.

»Was fehlt ihm denn?«

»Alkohol«, sagte ich so knapp wie möglich.

»Alkohol?«, wiederholte der Zöllner, als hätte er das Wort noch nie gehört, und gab der Elsa Feuer. Dann überlegte er kurz und sagte sinnierend: »Der würde mir auch fehlen.«

Er war enttäuscht, dass wir nicht darüber lachten. Ich nicht und die Elsa auch nicht. Das rechnete ich ihr hoch an. Aber der Zöllner war so hingerissen von ihr, dass er nicht damit aufhören konnte, mich auszufragen: »Darf er nichts mehr trinken?«

»Das wäre gut.«

Mich ärgerte, dass die Elsa gemütlich ihre Flirt rauchte. Man kann doch einfach sagen, ich bin Nichtraucherin. Das wird nicht gleich als Dokumentenfälschung gelten!

»Ganz ohne Alkohol kann auch nicht gesund sein«, sagte der Zöllner nachdenklich.

»Besser schon als zu viel.«

»Aber vom Wasser kriegt man Bauchläuse«, sagte der Zöllner.

»Das sagt mein Vater auch immer.«

Im nächsten Moment tat es mir schon leid, dass mir das herausgerutscht ist. Ich war immer zu freundlich. Aber es stimmte, das sagte mein Vater bei jeder Gelegenheit. Ich hatte geglaubt, der Spruch wäre von ihm. Aber es musste ein allgemeiner Spruch sein.

»Aber gut«, sagte der Zöllner nachdenklich. »Gegen die Bauchläuse hilft wieder der Kuchen. Und da hast du zu deiner Freundin gesagt, sie soll ein paar Kuchen backen und dich hinausbringen.«

Durch einen brutalen Blick hinderte ich ihn daran, der Elsa zuzuzwinkern. Auch kein blödes Grinsen ließ ich aufkommen. Dann nickte ich auf eine Art, die dem Zöllner zu verstehen gab, dass ich schon wusste, dass er sie nicht wirklich für meine Freundin hielt.

Der Zöllner schaute suchend in eine Schreibtischlade und überlegte laut: »Und wenn dein Vater im Krankenhaus den Kuchen braucht, dann ist es ja im Grunde eine Art medizinischer Nottransport.«

Die Elsa lächelte siegesgewiss, das erkannte ich sogar aus dem Augenwinkel. Aber ich blieb vorsichtig. Man wird so schnell hereingelegt, wenn man nicht aufpasst.

»Oder?«, hakte der Zöllner nach.

Ich nickte. Aber nur einmal. Nicht zweimal oder gar dreimal.

»Na, wenn ihr mir sagt, es ist ein medizinischer Nottransport«, sagte der Zöllner mit übertriebenem Ernst, »dann schreib ich euch jetzt einen Durchfahrtschein. Sonst kriegt ihr auf der anderen Seite beim Hinausfahren wieder Probleme ohne Pass.«

Er kramte einen Zettel aus der Schublade und fragte mich streng: »Und was schreiben wir hinein in den Durchfahrtschein?«

Das hasste ich schon in der Schule, wenn die Lehrer einen zwangen, die Antwort zu geben, die sie schon dreimal wörtlich vorgesprochen haben. Als dürfte man gar keinen Stolz haben. Ich tat ihm aber trotzdem den Gefallen: »Medizinischer Nottransport.«

»Sehr richtig.«

Er drosch seinen Stempel auf das Formular, über das er groß »Medizinischer Nottransport« geschrieben hatte, und klebte es auf die Tasche, die nur Kuchen enthielt. Und ein paar Kilo Äpfel. Und einen Brief von meiner Mutter an meinen Vater.

»Retourschein kann ich euch aber keinen schreiben. Heim solltet ihr dann lieber außen herumfahren. Mit der leeren Tasche ist es kein Nottransport.«

Er schaute mir auffordernd in die Augen: »Stimmt, oder?«

»Sicher.«

»Dann bist am Heimweg eine Stunde länger mit deiner Freundin unterwegs. Ist nicht so schlimm, oder?«

Ich stand auf, ohne darauf eine Antwort zu geben.

»Und krieg ich jetzt eine Anzeige für das ›S‹?«, fragte die Elsa ihn beim Hinausgehen.

Er gab ihr aber keine Antwort, sondern sagte zu mir: »Eine schöne Frau hat bei uns immer eine Sondergenehmigung, oder?«

»Sehr witzig«, sagte ich. Allerdings nicht zu ihm. Ich wollte es sagen, verbiss es mir aber doch lieber.

Dafür hatte ich es noch auf Lager, als sie mich beim Weiterfahren grinsend fragte: »Und? Hat dir das gefallen, dass er mich für deine Freundin gehalten hat?«

»Sehr witzig.«

# 19

Trotz des Aufenthalts beim Zoll war ich zu früh im Krankenhaus. Mein Vater war nicht in seinem Zimmer. Im zweiten Bett schlief ein anderer Patient mit offenem Mund. Ich war nicht sicher, ob ich die Tasche hier abstellen und in den Krankenhauspark hinausgehen konnte. Womöglich aß der Verrückte den Kuchen meines Vaters auf. Bei den Leuten konnte man nie wissen. Vorsichtshalber nahm ich die Tasche wieder mit hinaus, obwohl es draußen schon ziemlich heiß war.

Ich setzte mich auf die schattigste Bank und aß das Rindfleisch, das meine Mutter in handliche Stäbchen geschnitten hatte, damit ich sie bequem aus der Dose nehmen konnte wie Pommes frites. Dazu zwei rohe Karotten, die dritte sparte ich auf für den Notfall. Ich fragte mich, was die Elsa inzwischen machte, und freute mich darauf, ihr von den Leuten zu erzählen, die im Park unterwegs waren. Am höheren Gehtempo konnte man das Personal von den Patienten unterscheiden. Außer es war einer besonders flott unterwegs, dann war es wieder ein Verrückter.

Auch meinen Vater erkannte ich schon von weitem an seinem Gang, als er beim Haupttor hereinspazierte. Seine Körperhaltung war tadellos, nicht bucklig wie bei mir und meinem Bruder. Wie immer im Anzug, mit perfekt gebundener Krawatte, schritt er auf mich zu und fragte ohne ein Zeichen des Erkennens: »Wo geht es hier zu Mozarts Geburtshaus?«

Dann lachte er fröhlich über mein erschrockenes Gesicht. »Jetzt hast du geglaubt, dein Vater ist wirklich verrückt geworden!«

Er hatte eine so übermütige Freude an diesem Scherz, dass er mir sogar einen vergnügten Klaps auf den Oberschenkel gab, während er sich neben mich auf die Bank setzte.

»Ein herrlicher Tag ist heute«, sagte er und atmete tief durch. »Warum sitzt du im Schatten?«

Im Gegensatz zu mir liebte er die pralle Sonne, und ich war froh, dass ich den Kuchen als Ausrede hatte. Er erzählte mir von dem Training in der Stadt, von dem er gerade kam. Dabei musste er auf fremde Leute zugehen und sie mit einer Frage belästigen. Zum Beispiel nach der Uhrzeit fragen, oder: »Wo geht es hier zu Mozarts Geburtshaus?«

Während er es erzählte, verflog seine gute Laune. Die Übungen fielen ihm schwer. Als er mir so tief in die Augen schaute, wie ich es nur von ihm kannte, wusste ich schon, dass jetzt der schlimmste Teil kam: »Und ich darf mich nicht entschuldigen! Darum geht es. Dein Vater entschuldigt sich zu viel. Stell dir vor, ich muss einfach hingehen und sagen: ›Wie spät ist es?‹ Wie irgendein Primitivling ohne Manieren!«

»Und darfst du dich nachher bedanken?«

»Auch nicht! Kannst du dir das vorstellen?« Er schüttelte den Kopf. »Du weißt ja, wie schwer Unhöflichkeit für deinen Vater ist«, sagte er und warf einen kurzen Blick in die Reisetasche, aber gottseidank ohne etwas herauszunehmen. »Höflichkeit ist eine Zier, doch man lebt leichter ohne ihr. Kennst du den Spruch? Das muss dein Vater jetzt lernen auf seine alten Tage.«

»Und hast du es zusammengebracht?«

»Jaja, das mit den Fragen geht schon. Die Entschuldigung kann man ja auch durch einen höflichen Tonfall vermitteln. Oder durch ein Lächeln. Oder durch eine kleine Verbeugung. Und hinterher zum Dank nicken tu ich auch.« Er lachte amüsiert über sich selbst. »Das ist aber nicht im Sinne des Erfinders.«

»Du legst die Therapeuten herein.«

Er fühlte sich geschmeichelt. »Aber am schlimmsten ist das Vordrängen«, klagte er. »Wir müssen uns in einer Schlange vordrängen. Egal wo, beim Bäcker oder beim Metzger oder beim Fahrkartenschalter.«

Bei der Vorstellung, ich könnte gezwungen werden, diese Übungen zu machen, verging mir alles. Und für meinen Vater war es wahrscheinlich noch schlimmer, als es für mich gewesen wäre.

»Manchmal denke ich mir wirklich, man muss werden wie der letzte Primitivling auf dieser Welt. Da ist nichts mehr mit Gentleman.«

Er hatte keine Schule abgeschlossen, keinen Beruf gelernt und nichts geerbt, aber ein Gentleman zu sein war ihm das Wichtigste auf der Welt. »Ich hab mich in meinem ganzen Leben noch nie wo vorgedrängt. Du kennst ja deinen Vater. Außerdem hab ich nichts dagegen, mich in einer Reihe anzustellen. Mir läuft ja nichts davon.«

Nur das mit dem Wasserglas hat er nicht geschafft. Er musste im Kaffeehaus ein Glas vom Tisch streifen. Und einfach nicht darauf reagieren.

»Keine Entschuldigung und nichts. Dann ist ein Mädchen aus der Küche gekommen und hat die Scherben zusammengekehrt. Da hab ich mich einfach leise bei ihr entschuldigt und ihr fünf Schilling zugesteckt. Ja, mein Gott. Du kennst ja deinen Vater. Dem Therapeuten hab ich es natürlich nicht erzählt.«

Ich musste lachen und sagte: »Langweilig wird dir nicht hier.«

»Im Gegenteil. Du wirst es mir nicht glauben, aber ich bin gern hier. Und wie ich mich gefürchtet hab vor der Einlieferung«, lachte er. »Und jetzt ist es fast so weit, dass ich mich vor der Entlassung fürchte.« Er schüttelte über sich selbst den Kopf: »Dein Vater ist ein komischer Mensch.«

Ich fragte ihn, wieso ein zweiter Patient in seinem Zimmer lag. Obwohl er doch die sündteure Privatversicherung für das Einzelzimmer hatte, angedreht von einem Wirtshausgast, bezahlt über viele Jahre nicht nur mit Geld, sondern mit bitteren Vorwürfen seiner Frau. Eine Versicherung nur für sich statt für die Familie, welcher Vater macht so etwas.

»Stell dir vor, der Primar ist persönlich zu mir gekommen«, erzählte er beeindruckt. »Er hat mich darum gebeten. Weil sie Platzprobleme haben. Ich hätte natürlich auch nein sagen können. Das wäre mein Recht gewesen!«, betonte er mit erhobenem Zeigefinger. »Aber du kennst ja deinen Vater. Ich kann doch nicht dem Primar einen Gefallen abschlagen. Das wäre mir unverschämt vorgekommen.«

Es ärgerte mich, dass sie meinen Vater über den Tisch gezogen haben. Ich überlegte noch, ob ich etwas sagen sollte, als er mir zuvorkam: »Ich hab geantwortet: ›Nichts für ungut, Herr Primar, aber im Sinn des Selbstbewusstseinstrainings sollte ich das wohl ablehnen.‹ Das hab ich natürlich mit allem Respekt gesagt. Er hat mir sogar recht gegeben. Aber lieber war es ihm trotzdem, dass ich Ja gesagt habe.«

Weil es für den Kuchen endgültig zu heiß wurde, nahmen wir die Tasche, jeder an einem Henkel, und trugen sie in das Zimmer hinein. Der Kollege war inzwischen aufgewacht und saß auf dem Bettrand.

»Einen schönen guten Morgen«, sagte mein Vater zu ihm. »Willkommen auf der Erde.«

»Was für ein Tag ist heute?«, murmelte der in den Boden hinein.

»Das fragt er mich zehnmal am Tag«, sagte mein Vater zu mir in voller Lautstärke. Ich wunderte mich über diese Unhöflichkeit. Aber der andere schien die Bemerkung gar nicht zu hören und wiederholte die Frage ungerührt in exakt demselben Tonfall: »Was für ein Tag ist heute?«

»Mittwoch«, sagte ich.

»Mittwoch«, wiederholte der Patient. »Ich muss nur noch auf meine Uniform warten.«

»Hauptsache, sie passt dann«, sagte mein Vater und zwinkerte mir zu.

Nachdem ich die Kuchen vorschriftsmäßig herausgenommen und sorgfältig in seinen Spind geräumt hatte, gingen wir wieder in den Park hinaus. Den Brief der Mutter wollte er später lesen. Er erklärte mir, die Uniform seines Kollegen sei für seine Weltraumreise. Zum Mars. Der sei nämlich richtig verrückt. »Da ist dein Vater in eine saubere Gesellschaft geraten«, lachte er. Wir setzten uns auf eine Bank, schauten eine Zeit lang in die Luft, und als sich ein Pfleger im Vorbeigehen erkundigte, wie es ihm gehe, antwortete mein Vater: »Gut, Herr Oberpfleger, aber vom vielen Wassertrinken kriegt man Bauchläuse.«

»Ach so?«, lachte der Pfleger im Weitergehen. »Na, die sind nicht so schlimm.«

Als er außer Hörweite war, flüsterte mein Vater: »Der ist gar nicht Oberpfleger. Nur Hilfspfleger.«

Dann redeten wir noch ein paar allgemeine Sachen, über

die großen Bäume im Park, die wahrscheinlich schon sehr alt waren und schon viele Verrückte gesehen hatten, und über das Wetter, das in Ordnung war, und über die Mutter, die sich immer zu viele Sorgen machte. Wir fragten uns, ob sie es jemals verwinden würde, dass wir aus der Wohnung geflogen sind. Die neue Wohnung war doch auch in Ordnung, fanden wir. Aber ihr ging es um die Gerechtigkeit, um das viele sauer verdiente Geld, das sie als junge Frau zum Bau des Elternhauses beigesteuert hatte, nur um dann vom Bruder hinausgeschmissen zu werden.

»Das letzte Hemd hat keine Taschen«, sagte mein Vater, dem materielle Dinge egal waren. Das letzte Hemd hat keine Taschen, war sein Lieblingsspruch. Er war ja seinerseits schon als junger Mann von seinem Vater aus dem Haus geschmissen worden. Wegen dem Trinken und Kartenspielen, behauptete meine Mutter. Wie die Elsa fand auch mein Vater, dass sie zu viel nachdachte, und machte wieder einmal den Scherz, die um fünf Jahre ältere Frau hätte einen wie ihn nur geheiratet, weil alle Männer ihres Alters im Krieg gefallen waren.

Ich erzählte ihm von der Fahrt mit der Elsa, vom vergessenen Pass und vom Zöllner und vom medizinischen Nottransport. Mein Vater musste lachen wie ein Kind, und als ihm die Tränen herunterrannen, taten wir so, als wären sie vom Lachen, und er sagte, dieser Zöllner war ein Mensch, und das ist selten.

# 20

»Und? Gefalle ich dir?«, fragte die Elsa, die schon da war, obwohl ich eine Viertelstunde zu früh zum Parkplatz zurückkam. Sie saß auf dem Beifahrersitz und rauchte gemütlich bei der offenen Tür hinaus.

Ich ahmte den Verrückten nach, den ich bei seinem Spaziergang beobachtet hatte, fasziniert davon, dass er bei jedem einzelnen Schritt zusammenzubrechen schien, bevor er sich doch noch auf das andere Bein schupfte.

Die Elsa grinste: »Gib zu, es ist dir gar nicht aufgefallen!«

»Was denn?«, fragte ich lässig, obwohl es mir sofort aufgefallen war, dass ihre Haare null Komma fünf Zentimeter kürzer waren. Und auch George Harrison sang in meinem Kopf: *Let it down, let your hair hang all around me.*

»Du bist auch nicht besser als wie der Tscho«, lachte sie und räumte den Beifahrersitz für mich.

Da die Fußgängerampel klingelte, fiel mir ein, dass neben der Nervenklinik das Blindenheim war, und ich erklärte lässig, sie dürfte mich gleich da drüben aussteigen lassen, wenn sie glaubte, dass mir so etwas nicht auffiel. Die Elsa war aber schon mit dem Ausparken beschäftigt und sagte nichts dazu. Es gefiel mir, dass sie mit der Zigarette zwischen den Lippen ausparkte. Als sie bei der Ausfahrt auf eine Lücke wartete, zog sie noch einmal kräftig, dann warf sie die erst halb gerauchte Memphis beim Fenster hinaus. »Und wie geht es deinem Tatt?«

»Gut. Aber er muss Sachen machen, da tut er mir leid. Zum Beispiel zum Bäcker gehen und sich in der Schlange vordrängen.«

»Das würde mir leichtfallen«, lachte sie. »Vordrängen, da bin ich gut. Das merken die Leute gar nicht, so schnell bin ich wieder draußen aus dem Geschäft.«

Trotzdem wartete sie geduldig, bis einer sie in die Spur winkte.

»Ein Gentleman«, sagte ich, und sie winkte ihm so nett zu, dass ich es fast übertrieben fand.

»Wieso muss dein Tatt das machen?«

»Selbstbewusstseinstraining. Er entschuldigt sich zu oft.«

»Genau wie du.«

»Wieso? Hab ich mich bei dir schon einmal entschuldigt?«

»Bestimmt. Bitte, danke, Entschuldigung.«

»Ja und?«

»Beim Zöllner hast dich auch entschuldigt.«

»Blödsinn!«

»Meinst, hat er wirklich geglaubt, dass du mein Freund bist?«

»Sicher.«

»Sicher, sagt er«, lachte sie und kurbelte ihr Fenster hinauf, weil ich meines hinuntergekurbelt hatte: »Weißt du was? Jetzt gehen wir noch ein Eis essen. Ich kenne auf dem Weg ein italienisches Eiscafé. Die haben das beste Eis.«

»Das zahl aber ich«, sagte ich und plante, dass ich einen Bananensplit bestellen und dann nur die Banane essen konnte.

»Lädst mich schon wieder ein?«

»Chauffeur wird eingeladen. Das ist das Mindeste.«

»Dann frag ich dich was.«

»Was?«

»Dann. Beim Eis.«

»Wieso erst dann?«

»Vorher trau ich mich nicht.«

»Gegegeh.«

»Ja, ehrlich. Es ist mir peinlich.«

»Vordrängen ist dir auch nicht peinlich.«

»Vordrängen nicht. Aber das ist schon was anderes.«

So schüchtern hatte ich sie noch nie gesehen. Ich fragte mich, ob ich vielleicht als Gentleman verpflichtet war, ihr das Geständnis abzunehmen, indem ich ihr zuvorkam und ihr gestand, dass ich auch so empfand. Allerdings hatte ich viel zu viel Angst, mich zu blamieren.

»Brauchst auch ein Training«, sagte ich stattdessen, um es ihr herauszulocken.

Sie sagte aber nichts mehr, sondern legte eine Kassette ein, die sie sich auf dem Weg zum Friseur gekauft hatte. Einerseits half die Musik, das Schweigen zu ertragen. Andererseits machte sie alles noch viel schlimmer.

»Was schaust so?«, fragte sie.

»Ich schau ganz normal«, behauptete ich und deutete auf den Lastwagen vor uns. »Ich frag mich immer, was das ›TIR‹ bedeutet.«

»Das hab ich den Tscho auch schon oft gefragt. Aber ich vergesse es immer wieder. Das T heißt ›Transport‹, soviel ich weiß, und das I ›International‹, glaub ich.«

»Und das R?«

»Hab ich vergessen.«

Es interessierte mich sowieso nicht. Ich dachte nur darüber nach, was sie mich fragen wollte. Das machte mich nervös.

Als wir an einer Tankstelle vorbeifuhren, sagte ich: »Morgen kommst zu mir tanken. Damit du wenigstens den Benzin herinnen hast.«

»Der R5 braucht eh nichts. Im Vergleich zum Scania. Das tanken wir einfach auf den Lieferschein.«

»Da wird der Tscho eine Freude haben.«

»Der macht das doch auch immer.«

»Den Benzin müssen wir aber auf Diesel umrechnen.«

Sie zuckte mit den Schultern und drehte die Musik ab. »Die gefällt mir nicht.«

Als wir vor dem Eissalon ausstiegen, bemerkte ich, dass ich ein bisschen neben mir stand. Ich fragte mich, ob es ihr genauso ging. Aber sie lachte vergnügt über die gigantischen Eisbecher auf den kleinen Tischchen. Wahrscheinlich überspielte sie damit nur ihre Angst.

»Ein normales gemischtes Eis gibt's da gar nicht!«, lachte sie.

Ich hatte noch nie solche Eisbecher gesehen. Statt der kleinen Silberschalen, die ich kannte, standen riesige Glaspokale vor den Leuten. Mit bunten Früchten und mit Waffeln und Hohlhippen und mit Papierschirmchen. Auf der Karte waren sogar Farbfotos der verschiedenen Becher, einer gigantischer als der andere, und darunter standen phantastische Namen, die ich noch nie gehört hatte. Ich tat so, als würde ich überlegen, was ich bestellen sollte. In Wahrheit wartete ich nur darauf, dass die Elsa es endlich sagte.

Aber sie bestellte nur ihren Eiskaffee und ich meinen Bananensplit. Während wir darauf warteten, wäre wieder leicht Zeit gewesen. Für ihre Frage. Sie schien aber gar nicht mehr daran zu denken und beobachtete fasziniert die Leute und lachte uber ein Kind mit eisverschmiertem Gesicht. Und dann war sie mit ihrem Eiskaffee beschäftigt. Zuerst trank sie den ganzen Kaffee durch den grün leuchtenden

Halm, und erst als der Halm zu röcheln anfing, begann sie, das Eis herauszulöffeln.

»Jetzt sag schon«, drängte ich und halbierte die erste der beiden der Länge nach geteilten Bananenhälften.

»Was?«

»Du hast gesagt, du fragst mich was.«

»Jetzt werd ich rot«, behauptete sie, obwohl sie überhaupt nicht rot wurde.

»Sag endlich!«

»Ich trau mich nicht.«

»Wieso traust dich nicht?«, tat ich mutig, obwohl mir selbst die Stimme zitterte.

»Du lachst mich aus.«

»Wieso soll ich dich auslachen?«

»Ich weiß es.«

»Kannst dich ruhig trauen. Ich lach dich nicht aus.«

»Schwöre, dass du es keinem erzählst!«, giftete sie mich an, als hätte ich es schon verraten.

So etwas mochte ich gar nicht. Da konnte ich nachtragend sein. Aber bei der Elsa machte ich eine Ausnahme. Man sah daran ja nur, wie schwer es ihr fiel, und ich sagte: »Das ist doch klar.«

»Du musst es schwören!«

»Okay.«

»Du musst sagen: Ich schwöre.«

»Ich schwöre!«

»Es ist unser Geheimnis!«

Ich schaute mich gelangweilt in der Gegend um, als würde es mich nicht mehr interessieren. »Ein herrlicher Tag ist heute«, sagte ich in der feierlichen Art, wie es mein Vater auf der Parkbank gesagt hatte.

»Und du lachst mich nicht aus?«

»Hab ich dich schon jemals ausgelacht?«
»Du darfst es keinem sagen!«
»Ich sag's keinem. Ich hab's dir doch gerade geschworen.«
»Wieso isst du nur die Banane und lässt das Eis stehen?«
»Lenk nicht ab.«
»Kann ich eine Kugel haben?«
»Nachher. Zuerst sagst du es.«
»Und dann bereue ich es.«
Sie bereute es aber nicht. Ich bereute es.

# 21

Sie rückte erst damit heraus, als wir schon wieder im Auto unterwegs waren. Wahrscheinlich fiel es ihr leichter, wenn sie mich dabei nicht anschauen musste.

»Du wirst mich bestimmt auslachen. Aber ich möchte gern Englisch lernen.«

Nur gut, dass sie es nicht im Café gesagt hat. Womöglich hätte ich vor Enttäuschung die Eisbecher vom Tisch gewischt. Und nachher hätte ich mich entschuldigt. Im Auto konnte meine Enttäuschung nicht viel anrichten. Außer, dass sie mir das Antworten unmöglich machte. Sogar das verlegene Lachen klang verdächtig nach Kloß im Hals.

»Siehst du, jetzt lachst du doch«, protestierte die Elsa.

»Aber ich lach dich nicht aus.«

»Wieso lachst dann?«

»Weil da doch nichts dabei ist. Wieso traust dich das nicht sagen? Da brauchst du doch nicht so ein Geheimnis draus machen.«

»Was hast denn du geglaubt, was ich dich frage?«

»Keine Ahnung.«

Bei jedem einzelnen Wort war ich froh, dass ich es herausbrachte.

»Du denkst dir, dass ich zu dumm bin für Englisch, oder? Weil ich nicht in der Hauptschule war.«

»Geh! Das lernst du leicht.«

»Glaubst wirklich?«

»Sicher.«

Statt auf den Verkehr zu achten, schaute sie jetzt mich an: »Wenn du mir manchmal ein bisschen beibringst. Ich könnte mir jeden Tag ein Wort merken.«

»›Love‹ kannst du ja schon.«

»Und ›flow‹. Fließen!«

»Siehst.«

»Und wenn du mit mir hier und da ein bisschen üben würdest.«

»Ja, sicher. Das mach ich gern.«

»Ehrlich? Du musst halt geduldig sein. Ich war nie gut in der Schule.«

Ich war zwar enttäuscht, aber ich schöpfte schon wieder Hoffnung. Immerhin hatte ich so Grund, regelmäßig bei ihr vorbeizuschauen. Und womöglich war es ja auch von ihr nur ein Vorwand. Sie wollte gar nicht Englisch lernen, sondern mich öfter sehen. Vielleicht war sie genauso feig wie ich und hat es sich in letzter Sekunde doch nicht zu sagen getraut und das Englischlernen vorgeschoben.

»Ich möchte nämlich die Krankenschwesternschule machen«, erklärte sie mir. »Aber ich hab keinen Hauptschulabschluss. Den muss ich vorher nachmachen.«

»Das schaffst du leicht.«

Vielleicht war ja auch die Krankenschwesternschule nur ein Vorwand. Unmöglich war es jedenfalls nicht.

»Was denkst du?«, fragte sie.

»Du kannst mein altes Schulbuch haben. Vom ersten Jahr.«

»Ich kauf es dir ab.«

»Wir haben ja jetzt Gratisschulbücher. Das wäre Betrug, wenn ich von dir was verlange. Morgen muss ich auf der Tankstelle arbeiten. Aber übermorgen können wir anfangen, wenn du willst.«

»Was heißt ›übermorgen‹?«

»Heute ist Mittwoch, also heißt übermorgen: Freitag.«

»Nein«, lachte sie. »Was ›übermorgen‹ auf Englisch heißt!«

Sie trieb die Tachonadel auf 120, wahrscheinlich vor Erleichterung, dass sie mit ihrem geheimen Wunsch herausgerückt ist. Der R5 vibrierte so, dass ich mich fragte, ob der Tscho wirklich alle Teile richtig eingebaut hat. Mir fiel ein, dass er bei der Vorderachse einmal wahnsinnig geflucht hat.

»Zuerst musst du einmal ›morgen‹ lernen«, sagte ich.

»›Morgen‹ kann ich schon. Morning.«

Ein Polizist am Straßenrand deutete ihr mit einer beschwichtigenden Geste, ein bisschen vom Gas zu gehen, hielt uns aber nicht auf.

»Das hätte noch gefehlt«, lachte sie. »Zwei Kontrollen an einem Tag!«

Sie fuhr jetzt langsamer und hörte interessiert zu, als ich ihr den Unterschied zwischen »morning« und »tomorrow« erklärte.

»Tomorrow«, wiederholte sie. »Das merk ich mir. Aber das Schreiben ist das Schwerere, sagen die Leute. Weil man alles anders schreibt auf Englisch.«

»Wie man es schreibt, zeig ich dir übermorgen.«

»Wie man ›morgen‹ schreibt, zeigst du mir übermorgen.«

»Genau. Und weißt du noch, wie es heißt?«

»Sicher. Tomorrow. Ganz blöd bin ich auch nicht. Und ›gestern‹ heißt yesterday, das weiß ich schon«, lachte sie und sang: »Yesterday olmeitralalala fahreweh!«

»Du kannst gut singen.«

»Was heißt ›singen‹?«

»Sing.«

»Sing. Das ist leicht.«

»Das meiste ist leicht.«

»Was heißt ›leicht‹?«

»Easy.«

»Mein Großvater hat Isi geheißen. Isidor. Aber der ist schon tot. Autounfall. Was heißt ›Auto‹?«

»Car.«

»Nur K?

»Car.«

»K!«

»Das kannst dir leicht merken. Wie Karre.«

»Karr.«

»Genau.«

»Du bist ein guter Lehrer, weißt du das? Wirst du einmal Lehrer?«

»Sicher nicht.«

»Was verlangst du für eine Stunde?«

»Nichts. Für dich ist das gratis.«

»Ich zahl dir schon was.«

»Du spinnst.«

»Bei dir ist immer alles gratis.«

»Bei dir auch.«

»Du darfst es aber auf keinen Fall dem Tscho erzählen.«

»Ich erzähl keinem was.«

»Es ist unser Geheimnis.«

»Ja.«

»Was heißt ›Geheimnis‹?«

»Sag ich dir nicht.«

»Weißt du es nicht?«

»Doch.«

»Und wie heißt es?«

»Das ist mein Geheimnis.«

»Ahaaa«, sagte sie und lachte. »So einer bist du!«

# 22

Das Beste an den Englischstunden war, dass der Tscho nichts davon wissen durfte. Und je öfter ich ihr Unterricht gab, umso größer wurde das Geheimnis. Sie übte und lernte hingebungsvoll. Nie sagte sie die Stunde ab, nie war sie unvorbereitet oder hatte irgendeine Ausrede. Sie lernte mit dem Buch voraus, sie korrigierte mich, wenn ich vom Buch abwich, sie stampfte in den Boden oder haute mit der Faust auf den Tisch, wenn sie etwas nicht wusste. Denn niemand lernt so eifrig wie die Leute, die nicht lernen dürfen. An jedem meiner freien Tage saßen wir zwei Stunden am Küchentisch und übten. Sie verriet mir, zu welchen Tageszeiten die Nachbarn nicht zu Hause waren. Ich sollte mich möglichst nach diesen Zeiten richten. Zwar tun wir nichts Verbotenes, sagte sie. Aber es sollte sich niemand das Maul zerreißen. Bald fing ich aber an, sie auch an den Abenden nach der Arbeit zu besuchen, wenn die Nachbarn vor ihren Fernsehern saßen.

Das Hineinschleichen störte mich überhaupt nicht. Mich störte nur, dass sie es nicht lassen konnte, mir jedes Mal etwas anzubieten.

»Do you love the cook?«, fragte sie mich und stellte einen Teller mit einem Schokoladenkuchen auf den Tisch.

»Jetzt hast du mich gefragt, ob ich die Köchin liebe«, sagte ich und wurde rot. »›Cook‹ heißt Koch oder Köchin.«

Sie schaute mich frech an, als wäre ich nur zu blöd, um ihre Absicht zu erkennen.

»Kuchen heißt ›cake‹«, erklärte ich.

»Und? Do you love the cake?«

»Do you want a cake«, korrigierte ich sie. »Oder: Would you like a cake.«

»Das lerne ich nie«, seufzte sie.

»Das lernst du schon. Das braucht seine Zeit.«

»Weißt du was? Ich bin zu blöd!«

Wir saßen uns am Küchentisch gegenüber, und wenn vor Zorn über einen Fehler ihre Augen funkelten, gefiel sie mir fast noch besser als auf dem Urlaubsfoto hinter ihr, wo sie auf einer Felsklippe vor dem blitzenden Meer stand und mit der Sonne um die Wette strahlte.

»Du hast schon viel gelernt«, ermunterte ich sie. »Du bist schon sehr gut!«

»Ich bin überhaupt nicht gut. Ich bin nicht so intelligent wie du und deine Mamm.«

»Doch, du bist schon sehr weit für dein Alter«, grinste ich lässig.

»Aber nicht bei der Aussprache.«

Sie schob die Zunge über ihre Schneidezähne hinaus, als wollte sie ihren Problemlaut üben. Allerdings ließ sie den Laut einfach weg und verdrehte dafür frech die Augen.

»The!«, sagte ich ihr zum hundertsten Mal vor, als hätte sie es nicht absichtlich so gemacht.

»The!«, wiederholte sie und schaute mich trotzig an.

»Das ist für jeden schwer, der Englisch lernt.«

»Für dich nicht.«

Du musst nur üben, sagte ich und sprach ihr noch ein besonders schönes »The!« vor. Obwohl ich auch ein Handicap hatte wegen meines abgesplitterten Schneidezahns, durch den die Luft zischte, wenn ich nicht aufpasste.

»I shame me wis se tongue«, sagte sie.

»With«, korrigierte ich sie und demonstrierte ihr die perfekte Zungenstellung. »Schau! Du musst die Zunge auf die Schneidezähne legen. Wiiiithhhhhh!«

Entweder sagte sie »vis« oder »wid« oder »wif«, oder sie legte die Zunge zwar richtig auf die Schneidezähne, vergaß aber, die Luft auszustoßen.

»With the«, sprach ich ihr geduldig vor.

»Wiii«, begann sie und ließ nach kurzem Zögern ihre Zunge wie ein Reptil herauszucken, ohne einen Laut zu erzeugen.

»The«, trieb ich sie weiter.

»... hhhe«, hauchte sie nach einem weiteren tonlosen Insektenfangzug.

»The«, beharrte ich erbarmungslos.

»Da komm ich mir so lächerlich vor!«

»The«, sagte ich.

»The«, sagte sie übertrieben, als ginge es darum, die anderen in der Klasse zum Lachen zu bringen.

Kichern war erlaubt, aber nicht zu lange. Ich war ein strenger Lehrer. »With the!«, wiederholte ich. Endlich war einmal nicht ich der Schüchterne.

»With the!«

»With the tongue«, sprach ich ihr vor.

»With the thongue«, sagte sie mit einmal zu oft Thunge.

»Tongue«, korrigierte ich mit einem dreißig Tonnen schweren »T«. »Tongue! When you say ›tongue‹, you must not show your tongue«, dozierte ich.

»Das lern ich nie.«

»With the tongue on the teeth.«

Sie schaute mich groß an.

»Sag!«

»With –«, begann sie tapfer.

»Ja«, rief ich motivierend.

Sie starrte konzentriert auf einen Punkt in weiter Ferne wie eine Seiltänzerin über einem sehr tiefen Abgrund und sagte vorsichtig tastend: »the –«

»Ja!«

»tongue –«

»Ja!«

Kurz ließ sie ihren Blick abschweifen und schaute mir flehend in die Augen. Aber ich ließ mich nicht erweichen und half ihrer Konzentration wieder auf die Sprünge: »On!«

»On«, setzte sie zögerlich an und war wieder voll auf den rettenden Punkt am Horizont fixiert: »the –«

»Jaaa!«, jubelte ich, als wäre ich ein Zirkusartist, der seiner Partnerin nach dem halsbrecherischen Seiltanz am anderen Ende des Abgrunds die rettenden Arme entgegenstreckte: »On the –«

»theeth.«

»Super!«, heuchelte ich und unterschlug den kleinen Absturz am Schluss.

Und sie sagte: »Do you love me?«

»Was?«

»Do you love me out?«

»Was meinst du?«

»Ob du mich auslachst!«

»Laugh«, korrigierte ich sie halb erleichtert und übte mit ihr den feinen Unterschied zwischen ›lachen‹ und ›lieben‹.

Von solchen Ausflügen kehrten wir aber schnell wieder zurück zu der großen Frage, die wir am Küchentisch zu ergründen versuchten, indem wir abwechselnd unsere Zungen auf unsere Schneidezähne legten:

»The!«

»The!«

Das Leben war manchmal kompliziert, aber mit diesem Wort, das wir uns mit weit aufgerissenen Augen immer wieder zuflüsterten, hatten wir die Erklärung für alles gefunden. Es war ein Geheimnis vor den Leuten, vor den Nachbarn, vor meiner Mutter und vor ihrem Mann.

»The!«

# 23

Zwei Tage nachdem die Waage 83 Kilo angezeigt hatte, kam der Tscho aus Teheran zurück. Er sagte nicht, was ist mit dir los, warum bist du so dünn, obwohl es ihm doch durch die lange Abwesenheit besonders auffallen musste. Am Vormittag wartete er wortlos darauf, dass ich den Scania vollgetankt hatte, und am Nachmittag war er schon wieder da.

Er stellte seinen grünen Escort, der immer noch keine Fahrertür hatte, hinter den Variant vom Chef und blieb einfach sitzen, bis ich hinauskam.

»Einen schönen Gruß von meiner Frau!«

Er glotzte mich an, als hätte er mit sich selbst eine Wette abgeschlossen, mit welchem Aug ich zuerst zu weinen anfange. Der Zahnstocher in seinem Mund bewegte sich interessanterweise jetzt stärker, wo der Mund nicht mehr sprach. Er beruhigte sich erst nach einer hektischen Reise vom linken zum rechten Mundwinkel und wieder zurück bis zur Mitte, wo er exakt unter der Oberlippenkerbe zur Ruhe kam. Von da aus zielte der Zahnstocher direkt auf mich.

»Danke«, sagte ich. Aber meine Stimme klang ein bisschen komisch. Als würde ich mein eigenes »Danke« durchs Telefon hören. Durch das schwarze Weltkriegstelefon in der Internatstelefonzelle hinter dem Schulhefte-Verkaufsfenster der Schwester Oberin. Das nur im Notfall benutzt werden durfte. Und wahrscheinlich war jetzt ein Notfall. Das hörte man schon meinem »Danke« an, das so klang, als wäre ich es, der aufpassen musste, dass ihm nicht der Zahnstocher aus dem Mund fiel. Oder so, als hätte ich einen Zungenmuskelkater vom millionenfachen »the«, das ich mit der Frau des Zahnstocherakrobaten geübt hatte. Kurz fragte ich mich, ob es möglich war, dass die Autotür des Escort nur wegen einer Sinnestäuschung fehlte, weil der Fahrer sie mir ins Gesicht geknallt hat. Jedenfalls war es sehr schwierig für mich, dieses »Danke« unzerfranst hervorzubringen. Dass gleichzeitig meine Knie ihren Geist aufgaben, half mir auch nicht dabei, eine lässige Haltung zu bewahren.

Aber weil man ohne Knie und ohne Zähne und mit betäubter Zunge, sobald man das »Danke« überwunden hat, immer noch ein »ebenfalls« über die Lippen bringen kann, hörte ich mich sogar sagen: »Danke ebenfalls!«

Das »ebenfalls« war klanglich schon wieder absolut in Ordnung. Sogar etwas lauter als üblich. Es störte mich nur, dass ich zum ersten Mal seit Wochen wieder mit meiner Sopranstimme sprach. Aber damit konnte ich mich jetzt nicht beschäftigen. Mir fiel nämlich gleichzeitig auf, dass meine Füße den Boden nicht mehr berührten. Genauer gesagt, war ich schon auf halber Höhe zur Shellfahne unterwegs, die an diesem herrlichen Spätsommertag gelassen zwischen dem Tankstellendach und dem Shop flatterte. Aber weil man aus ein paar Metern Entfernung immer noch gut verstand, was unten geredet wurde, hörte ich den blonden Tankwart unter mir mit seiner lächerlichen Sopranstimme zum Tscho sagen: »Bist du wieder zurück aus Teheran?«

»Richtig«, sagte der Tscho, und ließ den Zahnstocher in seinen linken Mundwinkel zuckeln.

»Verstehe«, sagte ich und entschloss mich, doch noch einmal in meinen Körper zurückzukehren, was ein schwerer Fehler war. Der Tscho hatte nämlich noch was auf Lager.

»Was ich so höre, bist du oft zu Besuch bei meiner Gattin.« Wenn ein Tscho »Gattin« sagt, ist man automatisch alarmiert. »Versteht ihr euch gut, ha?«

»Sicher.«

Ich fand es verdächtig, dass er ausgerechnet von »gut verstehen« sprach, konnte ich mich doch selbst immer schlechter verstehen seit der brutalen Selbstverstümmelung meiner Stimme. Sehen konnte ich noch tadellos. Der Zahnstocher des Tscho machte eine neue Bewegung, einen kleinen Tanz. Zwar blieb er an der Stelle unter der Oberlippenkerbe, bewegte sich aber gleichzeitig auf und ab und hin und her wie der Turmspringer Niki Stajkovic, wenn er bei den Olympischen Spielen vom Zehnmeterbrett sprang und sich gleichzeitig mit Salto und Schraube um sich selbst drehte, obwohl er nicht älter war als ich, und ich konnte nicht einmal den Purzelbaum vorwärts auf dem Boden, ohne dass er schief wurde, geschweige denn rückwärts.

»Ich muss mit dir was besprechen«, sagte der Tscho.

»Wawawawa?«

Er stierte mich so lange an, bis ich es herausbrachte.

»Was denn?«

»Wann hast du heute aus?«

»Um sechs, halb sieben«, piepste ich.

»Dann hol ich dich um sechs da ab«, sagte der Tscho und spuckte den Zahnstocher aus.

Obwohl nicht viel los war, vergingen die Stunden bis zum Abend viel zu schnell. Dabei ahnte ich noch nicht, dass es meine letzten Stunden auf der Tankstelle waren.

# 24

»Und du bist also so gut in Englisch«, stellte der Tscho in einem Tonfall fest, als hätte er gesagt: »Und du hast mir also meine Reifen aufgestochen.«

Es war schon das dritte Auto, mit dem ich ihn an diesem Tag sah. Den Escort ohne Fahrertür hatte er genauso daheim gelassen wie den Scania. Wir saßen aber auch nicht in dem Kadett mit dem Dienstagspickerl, in dem ich die Elsa zum ersten Mal erblickt hatte, und auch nicht in ihrem R5, sondern er hatte mich mit dem alten Militärjeep vom Nazi Spitzy abgeholt, für den er ein Ersatzteil besorgen sollte. Der Nazi Spitzy wohnte in demselben abgelegenen Winkel wie der deutsche Bundespräsident Scheel und der amerikanische Schokoladenfabrikant Mister Mars und der Wiener Nylonstrumpfkönig Palmers. Denen gefiel es in den Bergen, wo doch ein normaler Mensch nur volltanken und abhauen wollte. Nach einem halben Kilometer parkte der Tscho schon wieder. Auf dem leeren Schiliftparkplatz hinter dem Bach, wo im Winter bis aufs Blut um den letzten freien Platz gekämpft wurde und der jetzt eine verlassene Schotterwüste war, stellte er den Motor ab und schaute mich an.

»Hat's dir die Rede verschlagen?«

»Wieso?«

»Meine Frau sagt, dass du so ein gewaltiger Engländer bist.«

»Das höre ich zum ersten Mal.«

So war das also mit den Geheimnissen. Ausgerechnet die

Leute, die am meisten darauf beharrten, dass etwas wahnsinnig geheim war, verrieten einen bei der ersten Gelegenheit. Und brachten einen in diese beschissene Lage.

»Sie sagt aber so. Die Elsa sagt, du kannst perfekt Englisch!«

Ich lachte gekünstelt: »Da übertreibt sie gewaltig.«

Durch mein verächtliches Lachen sollte dem Tscho nicht nur die Darstellung meiner Englischkenntnisse übertrieben erscheinen. Sondern eben alles, was er über mich gehört hat. Übertriebenes Gerede. Über meine Besuche bei seiner Frau. Vielleicht steckten ja die Nachbarn dahinter. Und die Elsa hatte sich dann nur verteidigen müssen gegen deren Geschichten.

»Ich brauch nämlich einen Dolmetscher!«, schiss der Tscho mich zusammen.

Er nahm einen Kaugummi aus einer angebrochenen Wrigley's-Packung und hielt sie mir hin: »Magst einen!«

Sogar wenn der Tscho einem etwas anbot, klang es wie das Offerieren einer Betonwatschn.

»Nein danke.«

»Nein danke, sagt er.«

Er schob sich einen Kaugummi in den Mund und schaute genauso blöd wie jeder, der anfing, das widerspenstige Streifchen weich zu kauen: »Meine Frau sagt, du bist richtig gut erzogen!«

Ich fragte mich, ob es irgendwas gab, das sie ihm nicht erzählt hat.

»Was sagst du dazu!«

»Dass ich zu gut erzogen bin?«

»Ob du mir was dolmetschen kannst!«

Langsam dämmerte mir, dass er es ernst meinte. Ich rechnete zwar immer noch damit, dass er mir einen Satz zum Übersetzen gab, der ungefähr lautete: »Wenn du noch einmal meine Frau besuchst, reiß ich dir den Schädel ab«, aber selbst das wäre noch besser gewesen, als hier auf dem verwaisten Schiliftparkplatz vom Tscho abgekragelt zu werden.

Wenn ich mir Dinge ausmalte, machte ich oft den Fehler, dass ich im nächsten Moment schon darauf reagierte, als wären sie wirklich passiert. Das hatte ich von meiner Mutter. Oder von meinem Vater. Jedenfalls übersetzte ich innerlich schon den Satz »Wenn du noch einmal meine Frau besuchst, reiß ich dir den Schädel ab« ins Englische. »If you will visit my wife one more time, I shall ...« Ich ärgerte mich, dass ich weder das Wort für »ausreißen« noch für »erwürgen« kannte, aber andererseits, er konnte mich ja auch anders umbringen, dann ging auch »kill«. Wenn ich mit meinen Einbildungen so weitermachte, war ich der Nächste, der auf den Mars flog. Womöglich war es schon so weit, und ich wartete im Jeep des Nazi Spitzy nur auf meine Uniform.

In Wirklichkeit wollte der Tscho, dass ich ihm bei einer Zollangelegenheit half. An der griechischen Grenze hatten sie ihm Probleme gemacht, und jetzt konnte er den Papierkram nicht ohne Übersetzer lösen.

»Zeig einmal her«, sagte ich. »Vielleicht verstehe ich es. Aber Amtsenglisch ist nicht so leicht.«

Ich fragte mich, wie mir der Ausdruck »Amtsenglisch« eingefallen war. Ich hatte ihn noch nie gehört. Woher kam so etwas? Vermutlich hatte sich vor lauter Erleichterung ein Wort in mir gebildet.

Der Tscho schüttelte den Kopf, als wäre es einfach unbegreiflich, dass die größten Deppen am längsten in die Schule gingen.

»Zeig her, sagt er.« Sein Kaugummi musste für meine Blödheit büßen. »Übermorgen fahren wir! Ich hab schon mit deinem Chef geredet.«

# 25

Eine Woche vor Ferienende zeigte die Waage 81,5 Kilo. Und das um halb vier Uhr früh. Hätte ich länger schlafen können, wäre das halbe Kilo auch noch weg gewesen. Um fünf vor vier stand ich schon vor dem Haus und wartete auf den Tscho. Der Chef hatte nichts dagegen gehabt, die Saison ging sowieso zu Ende. Und der Tscho zahlte mir das Geld, das ich auf der Tankstelle verdient hätte. »Schätzomativ«, sagte der Tscho, denn genau konnte man es nicht wissen mit dem Trinkgeld. Aber der Chef hat ihm mehr Trinkgeld gesagt, als ich im Schnitt bekam. Der Chef war in Ordnung.

Meine Mutter war sicher, dass sie mich nie mehr wiedersehen würde. Außer bei der Identifizierung, nachdem ich auf der Fahrt nach Griechenland tödlich verunglückt war. Oder auf der Rückfahrt, weil der Fahrer eingeschlafen ist. »Ist das Ihr Sohn?« Oder auf dem Rastplatz überfallen. Oder drogensüchtig. So sah sie die Zukunft voraus. Nur an den Tscho als Eifersuchtsmörder dachte sie nicht.

Ihre Wut über mein selbstverschuldetes Schicksal brachte ihre Proviantverpackungskunst zur Perfektion. Als übte sie nur noch für die Mumie, die ich bald sein würde. Den Rucksack voll Essen nach »Schlank mit Wir«-Rezepten bettete sie so zwischen die Wäschestücke in der Reisetasche, dass sich in jeder denkbaren Lage eine wechselseitige Stützfunktion ergab. So schickte sie mich in den sicheren Tod. Es war dieselbe Reisetasche, in der ich den Kuchen für meinen

Vater transportiert hatte. Dafür, dass wir nie verreisten, kam diese Tasche ganz schön herum.

Während ich in der Dunkelheit wartete, schlug die Kirchenglocke vier. Wahrscheinlich war das der Grund, dass ich mir wie in einem Film vorkam. Wo die Mafiosi zum Verräter sagen: Federico, machen wir einen kleinen Ausflug. Sie fahren dann irgendwo hinaus, nicht nach Griechenland, aber über die Grenze oder in die Wüste, wo er erschossen wird. Oder von hinten erwürgt, weil einer sitzt hinten. »Strangle«. Ich hatte im Wörterbuch nachgeschaut. Wie strangulieren, das war leicht. Zuerst reden sie noch freundlich mit ihm, und dann erledigen sie ihn. Federico, geht es deiner Tochter gut, lernt sie fleißig auf der Universität, wird sie eine gute Dolmetscherin? Und hast du was gehört von Vito, deinem Cousin, der einen Eissalon betreibt in Brookyln? Und der Verräter sagt, jaja, Vito geht es gut, aber das »gut« kommt nur noch halb heraus aus dem strangulierten Hals, zusammen mit der Zunge, er sagt »guth«, als müsste er ein spezielles »th« üben für die Sprache, die man im Jenseits spricht.

Als der Scania um Viertel nach vier daherrumpelte, war ich schon völlig überzeugt. So erbarmungslos, wie der Lastwagen seine Lärmschneise durch das schlafende Dorf zog, machte sich in mir der Gedanke breit, dass die Zollangelegenheit nur ein Vorwand war. In Serbien oder spätestens in Bulgarien würde er mich irgendwo verscharren. Ich hatte mir die Strecke im Atlas angeschaut. Oder vielleicht brauchte er mich wirklich und warf mich erst hinterher in Griechenland ins Meer.

Andererseits musste ich dann nächste Woche nicht ins Internat. Das muss der Grund gewesen sein, dass ich nicht davonlief. Im Gegenteil – je näher der Scania kam, umso euphorischer wurde ich. Und als er vor mir hielt, erfasste mich ein derartiges Glücksgefühl, dass ich mir beim Hinaufklettern gleich den Kopf anschlug.

»Morgenstund ist ungesund«, sagte der Tscho gähnend zur Begrüßung. Ich nahm es jedenfalls als Begrüßung. Direkt angeschaut hat er mich nicht.

»Das kannst laut sagen«, antwortete ich und rieb mir den Kopf, obwohl es gar nicht wehtat.

»Schau, deine Mamm winkt dir.«

»Mensch!«, stöhnte ich und hob nur kurz die Hand. Auch der Tscho hob die Finger vom Lenkrad und stieg im selben Moment aufs Gas. Er lenkte mit eleganten Bewegungen, die nicht zu dem brutalen Lärm passten, mit dem er das restliche Dorf aus dem Schlaf riss.

»Pass hab ich dabei.«

»Passaporte«, sagte der Tscho.

Sonst wurde nichts geredet. Es war noch zu früh. Den Mund hatte der Tscho zwar die meiste Zeit offen, aber nur zum Gähnen. Von Handvorhalten noch nie was gehört. Die besonders gelungenen Gähnanfälle gipfelten in einem lustvollen Gejaule. Ich ließ mich davon nicht anstecken. Obwohl es noch so früh und ganz finster war, war ich hellwach. Meine Aufregung war so groß, als käme das Vibrieren meines Sitzes gar nicht vom Dieselmotor, sondern aus meinem Inneren. Dabei hatte ich noch gar keine Ahnung, was mir in den nächsten Tagen bevorstand.

# 26

»Schwarzach«, redete der Tscho auf einmal wie ein Schlafwandler, als wir durch Schwarzach fuhren. Ich war nicht sicher, ob er jetzt, nach einer halben Stunde Fahrt, eine Unterhaltung wünschte. Oder ob er das Gespräch damit schon wieder als beendet betrachtete. Der Tonfall sprach eindeutig für beendet. Allerdings auch nicht für beendeter als alles andere, was ich von ihm kannte. Insofern konnte es doch sein, dass er mir eine Rutsche gelegt hatte, die ich nicht verpassen durfte.

»Da war mein Vater einmal im Krankenhaus«, erzählte ich.

»In Schwarzach!«

»Gallensteine.«

»In Schwarzach würde ich mich nie operieren lassen.«

Auch auf der Tankstelle war es mir noch nie gelungen, dem Tscho eine Antwort zu geben, die seine Zustimmung fand.

»Wieso nicht?«, fragte ich.

»In Schwarzach!«, sagte er als Erklärung.

»Und weißt du, was er nach der Entlassung als erstes gemacht hat?«

»Wer?«

»Mein Vater. An dem Tag, wo er aus dem Krankenhaus heimgekommen ist.«

»Die Ärzte bringen mehr Leute um als wie jede Krankheit, das sag ich dir. Schau dir den Deppen an.«

Er meinte den Volvo vor uns, der sich nicht abzubiegen traute und den Verkehr aufhielt.

Der Tscho hupte aber nicht, sondern beobachtete einen Bäcker, der vor der Backstubentür in der Dunkelheit eine Zigarette rauchte.

»Bäcker möchte ich auch nicht sein«, sagte er angewidert. »Da musst du ein Frühaufsteher sein.«

»Was hat er gemacht?«

»Wer?«

»Dein Tatt. Wie er heimgekommen ist.«

»Mich«, sagte ich.

»Was?«

»Mich hat er gemacht.«

Endlich traute der Volvo sich über die Straße, und der Tscho ließ den Scania wieder anrollen. Es war immer noch dunkel, aber man sah schon mehr von den Autos als nur die Scheinwerfer und Rücklichter.

Als wir schon zwei Ortschaften weiter waren, sagte er: »Ah, dich hat er gemacht.«

»Er ist heimgekommen aus Schwarzach, und dann haben sie mich gemacht.«

»Nach Schwarzach würde ich nie gehen.«

Der Tscho schloss das Gespräch mit einem Gähnanfall in Extralänge ab. Dann fuhr er schweigender dahin als je zuvor.

Und weil es immer besser ist, der Fahrer schläft nicht ein, fragte ich nach einer Weile: »Magst du einen Kaffee?«

Die Mutter hatte mir ja eine Thermosflasche mit Kaffee eingepackt, und zwar so, dass nichts umfallen konnte, wenn ich sie herauszog.

»Kannst schon hergeben.«

Ich schraubte den Deckel ab und schenkte ihn halb voll.

»Die Firma dankt«, sagte er, nahm gleich einen Schluck und schaute finster. »Ohne Zucker?«

»Sicher.«

»Das ist ja nicht zum Saufen.« Er wühlte ein Stück Würfelzucker aus dem Türfach. Um es zu reinigen, blies er ein paarmal auf das Zuckerstück und warf es in den Kaffee. Die Tasse stand auf dem zitternden Armaturenbrett und wanderte langsam durch die Gegend.

»Umrühren tut der Diesel«, sagte der Tscho.

»Vollbremsung darfst halt keine machen.«

»Und woher weißt du das?«

»Naja, sonst hast den heißen Kaffee im Gesicht.«

»Wann sie dich gemacht haben!«

»Hat mir meine Mamm erzählt. Sie sagt, er war von den feschen Krankenschwestern her noch gamsig.«

Der Tscho lachte: »Ah, von den Krankschwestern her war er noch gamsig, dein Tatt?«

»Bei meiner Mutter muss immer wer anderer schuld sein.«

»Und was sagt dein Tatt?«

»Der lacht nur.«

»Wie geht's ihm?«

»Gut. Was haben wir eigentlich geladen?«

»Kühlschränke. Bauknecht weiß, was Frauen wünschen.« Der Tscho trank den Kaffee auf einen Zug leer und zeigte mir die leere Tasse: »Was sagst? Zucker komplett aufgelöst!«

»Genial.«

»Genial, sagt er«, sagte der Tscho mit einem verächtlichen Lachen und schüttelte den Kopf, als hätte er es immer schon gewusst, dass man sehr lange in die Schule gehen muss, um so einen Schwachsinn zu reden.

# 27

Je weniger man aß, umso mehr Wasser gab der Körper ab. Wahrscheinlich wegen dem Salz. Schon seit Schwarzach traute ich mich nicht zu erwähnen, dass der Mensch eine Blase hat. Und inzwischen waren wir in Kärnten. Wenigstens war der Tscho keiner, der einen zum Lachen brachte. Wahrscheinlich hatte er vor, bis zur Grenze durchzufahren, und wenn wir nicht noch in einen Stau kamen, würde ich schon ohne Blasenriss überleben. Hoffte ich. Dummerweise fiel mir ein, was der Chef einmal erzählt hat. Dass Fernfahrer ihr Geschäft manchmal während der Fahrt aus dem Führerhaus hinaus verrichteten. Falls das stimmte, konnte ich mich ja immer noch umbringen, indem ich mich aus der Tür fallen ließ. Gerade als ich bei diesem tröstlichen Gedanken angekommen war, blinkte der Tscho doch noch, zog den Scania in eine Parkbucht und rief: »Brunzpause!«

Ich war froh, dass ich auf meiner Seite hinuntersteigen konnte und so meinen eigenen Reifen hatte. Mir war es sowieso schleierhaft, warum die Leute sich so gern nebeneinanderstellten. Selbst im Internat ging ich lieber fünf Minuten zum einsamsten WC hinter dem Festsaal, damit ich meine Ruhe hatte und keine Gespräche führen musste. Und mit dem Tscho musste das schon gar nicht sein. Ein 30 Tonnen schwerer Lastwagen zwischen uns war genau richtig für die Privatsphäre.

Für den Tscho war es natürlich umgekehrt. Der wurde ausgerechnet jetzt gesprächig. Als könnte er nur alle Schleusen gleichzeitig öffnen, schrie er über den Scania herüber: »Meine Frau sagt, du willst Pfarrer werden!«

»Sehr witzig«, murmelte ich.

»Was sagst?«, büllte der Tscho.

»Nichts!«, brüllte ich zurück.

Der Lärm der vorbeidonnernden Autos half mir, seine plötzlich einsetzende Gesprächigkeit zu ignorieren, und beim Einsteigen schaute er noch verschlossener als zuvor. Ich fragte mich, ob wir uns auf dieser Fahrt immer nur von Reifen zu Reifen über die Kabine hinweg unterhalten würden. Aber als er den Laster schon wieder vom Rastplatz auf die Straße steuerte, schiss er den Seitenspiegel zusammen: »Sag!«

»Was?«

»Meine Frau sagt, du willst Pfarrer werden.«

»So ein Blödsinn!«, stöhnte ich. »Die spinnt.«

»Das sag ich auch immer«, lachte er.

Ich lachte nicht. Es wurmte mich, dass sie mit ihm über mich geredet hat.

»Ich werd sicher nicht Pfarrer.«

»Wieso nicht? Da hast immer eine sichere Stelle. Und Weiber hast mehr als jeder andere.«

Zum Glück kamen im Radio Verkehrsmeldungen, die den Tscho auf andere Gedanken brachten. Zehn Kilometer hinter uns war ein schwerer Unfall passiert. Kurz nach der Meldung kamen uns drei Rettungswagen mit Blaulicht entgegen, und der Tscho stieß verächtlich die Luft aus, als könnte er sich den Idioten schon vorstellen, der da von der Straße abgekommen ist.

Ein paar Kilometer vor der jugoslawischen Grenze sprang der Sender um, und ich konnte den Radiosprecher nicht mehr verstehen.

»Ist das Jugoslawisch?«, fragte ich.

»Jugoslawisch gibt's nicht.«

Er versuchte, den Sender zu verstellen, aber es kam immer wieder derselbe Sprecher aus dem Radio neben dem Fotorahmen, aus dem die Elsa mich anlächelte. »Das ist Slowenisch. Und weiter unten heißt es Serbokroatisch. Lernt ihr so was nicht in der Schule?«

Obwohl ich kein Wort verstand, hatte ich das Gefühl, ich müsste mich nur konzentrieren, und von einem Moment auf den anderen würde ich alles verstehen. Nicht nach und nach mit Lernen, sondern alles auf einmal. Bestimmt war das möglich. Man musste sich nur wahnsinnig konzentrieren und gleichzeitig wahnsinnig entspannen. Es musste einem total wichtig und gleichzeitig vollkommen egal sein. Wie beim Schispringen musste man Anlauf nehmen, indem man sich klein machte und widerstandslos der Schwerkraft überließ, während man zwischen den Knien nach hinten schaute. Und gleichzeitig mit den Augen im Hinterkopf alles kontrollieren. Und dann musste man nur noch den perfekten Moment für den Absprung erwischen. Das war die ganze Kunst.

Aber in dem Augenblick, als mein Hirn in die fremde Sprache umspringen wollte, riss mich ein Schild am Straßenrand aus der Konzentration: »Grenzübergang«. Auf einem anderen Schild stand »Stop« und »Zoll Douane« und auf dem nächsten Schild stand »Socialistična federativna republika Jugoslavija«.

»Mach den Mund zu, es zieht«, sagte der Tscho.

»Entschuldigung.«

»Meine Frau sagt, du warst noch nie in einem anderen Land.«

»Doch. Deutsches Eck ist auch ein anderes Land.«

»Deutsches Eck!«, schnaufte er verächtlich und schüttelte den Kopf.

Langsam fragte ich mich, was sie ihm nicht von mir erzählt hat.

# 28

Der Tscho stellte den Scania so nah hinter einen holländischen Kühlwagen mit der Aufschrift »Transfris«, dass ich vorsichtshalber die Füße einzog.

»Darf ich mit hineingehen?«, fragte ich, als er nach seinen Papieren griff.

»Da siehst aber nichts! Nur anstellen, bis einer von den Nasenbohrern eine Hand frei hat, dass er den Zettel aus meinem Carnet reißt. Dann geht's weiter.«

»Ist gar keine Kontrolle?«

»Wir sind plombiert. Kontrolle ist in Saloniki.«

Das Zollgebäude war so verraucht, als wäre es Teil der Formalitäten, dass jeder Fahrer beim Anstellen eine bestimmte Anzahl Zigaretten rauchen musste, bevor er dem Zöllner sein Carnet übergeben durfte. Einige der Fahrer schauten ziemlich finster. Es war bestimmt kein guter Ort, um sich für das Selbstbewusstseinstraining in der Schlange vorzudrängen. Auch der Tscho zündete sich eine Johnny ohne Filter an und wartete geduldig darauf, dass er an der Reihe war. Als er bei der dritten Johnny war, gab ich es auf und ging hinaus.

Ich schaute mir die verschiedenen Lastwagen an und spazierte bis zum Grenzbalken vor. Aber auf der anderen Seite sah es genau gleich aus. Drüben war wieder ein Schild, wo unter dem leicht zu entziffernden »Socialistična federativna republika Jugoslavija« ein bisschen kleiner stand: »Социјалистичка Федеративна Република Југославија«.

In Religion hatten wir etwas über Kyrill und Method gelernt, aber ich wusste nicht mehr, was. Jedenfalls nicht die kyrillischen Buchstaben. Aber das »J« in »Jugoslavija« führte mich auf die Spur, dass es dasselbe hieß, und ich begann, die Buchstaben zuzuordnen. Das »I« merkte ich mir am leichtesten, weil es wie ein umgekehrtes »N« aussah und in »Социјалистичка« gleich drei Mal vorkam. Das war leicht. Dass das kyrillische »P« unser »R« war, fand ich dafür ein bisschen verwirrend. Als ich gerade versuchte, mir das »Ф« einzuprägen, das so durchgestrichen war, als würde man die Luft durch die Zähne blasen, um ein »F« zu sagen, prackte mir wer von hinten derart auf den Rücken, dass ich aufschrie.

Es waren aber nicht die Kommunisten, es war der Tscho.

»Weiter geht's«, lachte er.

Beim Überqueren der Grenze bemühte ich mich um ein erhabenes Gefühl, als würde ich meine Heimat für immer verlassen. Der Tscho schob sich ein Pocket Coffee in den Mund und warf das Papier in die Landschaft, die immer noch gleich aussah. Auch im Radio lief die gleiche fürchterliche Volksmusik wie auf unserer Seite, aber der Sprecher machte den Unterschied. Ich horchte ihm konzentriert zu, während der Tscho das nächste Pocket Coffee auspapierlte, aber zum Glück nicht mir anbot.

»Ičič mičič gičič«, äffte er den Sprecher mit vollem Mund nach, wuzelte das Pocket-Coffee-Papier zu einem Ball und schoss ihn aus dem Fenster. Ich war enttäuscht, dass hier weiterhin alles normal angeschrieben war, aber auf einem Anhänger entdeckte ich kyrillische Buchstaben, und ich suchte ein и und ein Ф und ein P. Nebenbei konnte ich hören, wie der Sprecher ein paarmal »Zagreb« sagte.

»Träumst noch?«, fragte der Tscho.

»Ich versuch zu verstehen, was der redet.«

»›Trideset‹ heißt dreißig«, sagte der Tscho. »Wahrscheinlich sagt er gerade an, wie heiß es heute wird.«

»Warum weißt du das?«

»Bin schon oft genug da durchgefahren. Ena, dva, tri. Verstehst das?«

»Sicher. Eins, zwei, drei«, riet ich.

»Štiri, pet, šest, sedem, osem, devet, deset!«, schiss der Tscho mich zusammen.

»Nicht schlecht«, sagte ich lässig. »Aus dir wird noch einmal was.«

»Auf Serbokroatisch geht's ziemlich gleich. Außer der Einser. Da sagen die nicht ›ena‹, sondern ›jedan‹. Mit der Zeit kriegt man das mit.«

»Aber ich möchte alles auf einen Schlag verstehen. Ich konzentrier mich, und auf einmal versteh ich den.«

Der Radiosprecher überschlug sich gerade vor Begeisterung. Es war komisch, von der Aufregung angesteckt zu werden, ohne zu wissen, worum es überhaupt ging.

»Sei froh, wennst ihn nicht verstehst. Der redet garantiert nur Blödsinn.«

»Warte!«, tat ich so aufgewühlt, als wäre ich der Prophet Jeremias, und horchte gebannt. »Jetzt versteh ich ihn!«

»Tss!«

»Ja, hör zu! Er sagt: Wir freuen uns sehr, den österreichischen Scania mit den Bauknecht-Kühlschränken in Jugo zu begrüßen, besonders den vorbildlichen Beifahrer.«

»Ah so, besonders den Beifahrer«, lachte der Tscho. »Das sagt er?«

Ich nickte stumm.

»Bist dir da ganz sicher?«

»Mit an Sicherheit grenzender Wahrscheinlichkeit«, sagte

ich, eine Formulierung, die der Chauffeur vom deutschen Bundespräsidenten einmal verwendet hatte.

»Ah, mit an Sicherheit grenzender Wahrscheinlichkeit«, wiederholte der Tscho in einem Ton, als wäre er um meinen Geisteszustand ernsthaft besorgt.

Einerseits hatte ich das Gefühl, dass ich ihn nicht noch weiter reizen sollte, andererseits rutschte es mir doch heraus: »Glaubst du, dass es an dieser Grenze auch Zöllner gibt?«

»Wo? An was für einer Grenze?«

»Wo die Sicherheit an die Wahrscheinlichkeit grenzt«, sagte ich. »Ob es da auch einen Zoll gibt. Und Schilder. ›Sie verlassen das Staatsgebiet der Republik Sicherheit! Noch 200 Meter bis zur sozialistischen Föderation Wahrscheinlichkeit, halten Sie Ihre Ausweispapiere bereit.‹«

»Du hast einen schönen Vogel«, sagte der Tscho. »Kein Wunder, dass meine Frau sich so gut mit dir versteht.«

Ich überlegte, ob das nett gemeint war.

# 29

Ich versuchte gerade, die Aufschrift »Софиятранспорт« auf dem bulgarischen Lastwagen vor uns zu entziffern, als der Tscho zum Überholen ansetzte. Aber wir waren höchstens einen Stundenkilometer schneller und schoben uns nur zentimeterweise an dem Bulgaren vorbei. Das Gehupe hinter uns kratzte ihn überhaupt nicht. Als wir endlich den letzten Buchstaben der seitlichen Aufschrift erreicht hatten, konnte ich wieder mit dem Entziffern anfangen. Bei einer leichten Steigung fuhren wir so lange neben »порт« her, dass ich in aller Ruhe »Port« entziffern konnte und ins Träumen kam, weil ich noch nie einen Hafen gesehen hatte, aber das Wort allein war verheißungsvoll.

»Und?«, fragte der Tscho, während wir einen Buchstaben weiter krochen.

»Und was?«

Ich war enttäuscht, dass sich der »Port«, den ich mir ausgemalt hatte, als »Sport« entpuppte.

»Was kannst du mir sagen? Gibt es einen Gott? Was lernst du da bei den warmen Brüdern?«

Hätte der Radiosprecher uns ebenfalls hören können, wäre er bestimmt nicht auf die Idee gekommen, dass der Tscho mich gerade gefragt hat, ob es einen Gott gibt. Eher hätte er vermutet, dass er mir angeboten hat, mir eine zu reißen. Vorsichtshalber sagte ich gar nichts. Wir hatten uns inzwischen so weit vorgearbeitet, dass »Sport« sich in »Transport« verwandelte.

»Sag! Das interessiert mich!«

»Was?«

»Ob es etwas gibt!«, sagte der Tscho und deutete mit dem Daumen nach oben.

»Was soll ich dir da sagen?«

»Oder glaubst du, ich versteh das nicht, weil ich keine Matura hab?«

»Ich hab auch keine Matura.«

»Aber bald!«

»Das dauert noch ein paar Jahre. Wenn ich's so lang aushalte.«

Wegen der Ablenkung durch den Tscho und seine blöde Fragerei hätte ich fast übersehen, dass wir gerade an »София« vorbeikamen, obwohl wir von Sofia noch über 700 Kilometer entfernt waren.

»Schau nicht aus dem Fenster, wenn ich mit dir rede!«

»Sofiatransport«, sagte ich.

»Also was ist jetzt? Gibt es einen oder nicht?«

Das konnte auch nur mir passieren, dass mir einer derart das Messer ansetzte bei der Frage, ob es einen Gott gab. Mir kam sogar vor, dass die Elsa auf dem kleinen Foto spöttisch lächelte, als wäre sie gespannt, wie ich mich aus der Affäre ziehen würde.

»Du musst ja da mehr wissen als unserseins.«

»Frag ihn.« Ich deutete auf das Autoradio, wo der Jugo-Sprecher schon wieder die Musik unterbrach. »Der weiß es vielleicht.«

»Ich frag aber dich.«

Ich versuchte es noch einmal mit abfälligem Schnaufen und Augenverdrehen. Und weil er das Augenverdrehen nicht sehen konnte, ließ ich auch noch den Kopf so fallen, als hätte mich gerade einer erschossen. Hinter uns hupten sie immer wütender, weil wir immer noch nicht am Sofiatransport vorbei waren. Aber der Tscho schien es genauso wenig zu hören wie mein Stöhnen.

»Blöde Witze kann jeder machen!«, schiss er mich zusammen. »Das kann ich auch. Aber du gehst in die Schule! Also, gibt es ihn oder nicht?«

»Woher soll ich das wissen?«

Ich war so genervt, dass ich mir ein Joghurt aufmachen musste. Todsünde Nummer eins: Essen, wenn man keinen Hunger hat. Nur weil ich etwas aus dem Fenster schmeißen wollte.

»Du weißt sicher mehr darüber als ich. Sag einfach: Gibt es ihn, oder gibt es ihn nicht!«

»Das kann man nicht wissen. Man kann es nur glauben. Entweder man glaubt es, oder man glaubt es nicht.«

»Und was glaubst du?«, fragte er mit so einem Nachdruck auf dem »du«, als hätte er mir zu Beginn der Frage seine flache Hand wie ein Geistheiler auf die Stirn gelegt und mir beim »du« einen derartigen Schubser gegeben, dass ich zwei Schritte nach hinten machen musste, um keinen Genickbruch zu erleiden.

»Ich bin Atheist«, sagte ich lässig.

Ich fühlte mich wahnsinnig gut, dass mir diese Antwort eingefallen ist. Noch nie hatte es mir im entscheidenden Moment so einen guten Spruch heraufgelassen. Ich war nur froh, dass der liebe Gott mich nicht dafür strafte und auf der Stelle tot umfallen ließ. Wahrscheinlich wusste er, dass ich es hauptsächlich sagte, um vor dem Tscho nicht als warmer Bruder dazustehen.

»Ah, du bist Atheist. Das heißt, du glaubst auch nicht, dass es da was gibt nachher?«

»Naja, überleg einmal«, sagte ich. »Was soll es da geben?«

Endlich hatten wir den Sofiatransport geschnupft, und die Pkw-Kolonne konnte tollwütig an uns vorbeischießen. Am liebsten hätte ich mich bei jedem Einzelnen von ihnen entschuldigt.

»Ich sage, es gibt gar nichts.« Der Tscho tat mit einem grimmigen Lächeln auf einmal so, als hätte ich mich pro Gott ausgesprochen, »da könnt ihr Pfaffen sagen, was ihr wollt. Das ist alles Blödsinn. Der Mensch ist nicht besser als wie ein Hund – der ist tot und aus, verstehst? Wie eine Ratte! Wie eine Fliege, verstehst?«, grinste der Tscho siegessicher. »Wie ein toter Ast! Der zerfällt einfach, das ist alles!«

»Sag ich auch.«

»Sag ich auch, sagt er.«

Dann war er endlich ruhig. Aber ich spürte, dass es noch nicht vorbei war. Er wollte mich noch ein bisschen ärgern. Und nach einer Weile sagte er: »Ich hätte gehofft, dass du mir was anderes erzählst.«

»Was zum Beispiel?«

»Dass es ein Paradies gibt!«

»Das hättest du dir erhofft?«

»Zu was gehst du in die Pfaffenschule!«

»Naja. Ein Paradies gibt es schon.«

»Ah so? Paradies gibt's?«, lachte der Tscho.

»Sicher.«

»Und warum soll ich dir das glauben, ha?«

»Weil ich es dir sage«, lachte ich.

»Hinter Niš gibt's ein Puff, das heißt Paradies.«

Das Passbild neben dem Zigarettenanzünder schaute mich gespannt an, was ich darauf antworten würde. Ich wollte schon fragen, wo Niš lag, sagte dann aber vorsichtshalber: »Wie heißt ›Paradies‹ auf Jugoslawisch?«

»Jugoslawisch gibt's nicht!«

»Hauptsache, das Paradies gibt es«, antwortete ich lässig.

»Tss!«

Es hat ihn gewurmt, dass mir so eine gute Antwort eingefallen ist.

»Das heißt gleich wie bei uns«, sagte er. »Aber mit z! Paradiz!«

»Paradiz.«

»Die Jugos immer mit ihrem iz und itsch. Zu was das gut sein soll, ha? Ewig dieses itsch und iz. Ičič, mičič, gičič!«

Ich war froh, dass er nicht mehr vom Paradiz redete, kurbelte das Fenster hinunter und warf meinen Joghurtbecher hinaus. Wenigstens hatte ich nur die Hälfte gegessen. 60 sinnlose Kalorien waren es trotzdem. Wenn nicht 70.

# 30

»Meine Frau sagt, du hast noch nie eine Pizza gegessen.«

Das erschreckende Schaben auf dem Kabinendach verwechselte ich kurz mit dem röchelnden Anlaufen der Feuerwehrsirene, muss aber doch von ein paar aufgewirbelten Kieselsteinen oder Zweigen gekommen sein, denn es ging dann keine Sirene ab.

»Wieso?« Ich hörte mich an wie ein Überfallopfer, das den Mann mit der Pistole in ein Gespräch verwickelt, damit er nicht abdrückt. »Hast du Hunger?«

»Sag!«, schiss der Tscho den Seitenspiegel zusammen, da er gerade mit einem Spurwechsel zu tun hatte, »hast du echt noch nie eine Pizza gegessen?«

Gegessen nicht. Aber ich hatte Gerüchte gehört. Von den Kalorien.

»Pizza ist ein Mädchenessen«, sagte ich auf gut Glück.

»Mädchenessen, sagt er.« Der Tscho schüttelte den Kopf. »Hinter Zagreb weiß ich eine Pizzeria! So eine Pizza kriegst du in ganz Italien nicht! Da mach ich extra einen Umweg für dich. Der Wirt ist ein Mafioso, der versteckt sich da.«

Vor dem Mafioso fürchtete ich mich nicht. Aber vor den Kalorien. Ich fragte mich, was ich tun sollte, wenn der Tscho da wirklich hinfuhr. Ich konnte nicht sagen, ich mag keine Pizza, wenn er extra für mich einen Umweg einlegte. Aber ich durfte auf keinen Fall eine Pizza essen. Darüber dachte ich so lange nach, bis der Tscho hinter Zagreb blinkte und vom Autoput abfuhr.

Nach ein paar Kilometern kamen wir zu einem Parkplatz voller Lastwagen aus allen möglichen Ländern. Er stellte den Scania exakt neben einen Sattelschlepper aus Belgien und sagte: »Jetzt bin ich neugierig, was du sagst.«

An den Tischen vor dem Lokal saßen die Fernfahrer und aßen entweder Spaghetti oder Pizza. Aber einer aß auch Čevapčići, und auf einer Kreidetafel stand: »Ražnjići«. Ich fragte den Tscho, was das ist.

»Spieß!«

Fleisch war in Ordnung.

»Spieß wie bei uns?«

»Nicht wie bei uns! Kleine! Und dafür zwei, drei auf dem Teller. Mehr und viel besser als wie bei uns! Und halb so teuer!«

Ich beschloss, den Tscho zu überrumpeln und Ražnjići zu bestellen. Und dann konnte ich einen Spieß essen und einen übrig lassen. Aber als die Kellnerin uns eine Speisekarte hinlegen wollte, winkte der Tscho ab und bestellte sofort: »Pizza!« Mit den Fingern deutete er die Zahl Zwei und sagte: »Due!« Und dann noch vorsichtshalber: »Dva!«

Und weil die Kellnerin es für seine Begriffe zu langsam kapierte, schiss er sie zusammen: »Dva Pizza! Und ein Pivo!« Er schaute kurz zu mir: »Magst auch ein Bier?«

Ich schüttelte den Kopf. Ich hatte mir geschworen, in meinem ganzen Leben keinen Tropfen Alkohol zu trinken.

»Wasser bitte.«

»Acqua!«, sagte er zur Kellnerin, die schon genickt hatte, als ich »Wasser« sagte, aber der Tscho übersetzte es ihr noch einmal: »Jedan pivo, jedan voda!«

Als sie weg war, sagte er: »Die Kellnerin ist eh keine Italienerin. Die versteht nichts. Aber der Koch ist ein echter! Von ganz unten ist der beim Stiefelabsatz. Brindisi! Wo die

Fähre geht. Jetzt bin ich einmal gespannt, was du sagst zur Pizza.«

Ich wollte ihm nicht die Freude verderben. Aber offenbar stand mir die Angst ins Gesicht geschrieben. Wieso sonst hätte der Tscho jetzt gesagt: »Meine Frau sagt, du machst eine Abmagerungskur.«

Ich konnte es nicht glauben. Sie verriet sogar Sachen, die ich ihr gar nicht erzählt hatte.

»Naja«, antwortete ich kleinlaut. »Ein bisschen abnehmen würde mir nicht schaden.«

»Eine Pizza kannst schon essen. Meine Frau sagt, du hast eh schon abgenommen. Sie sagt, du schaust schlecht aus.«

Ich wusste nicht, ob ich lachen oder weinen sollte. Die ganze Zeit hatte ich darauf gewartet. Aber kein Wort. Und zu ihm sagt sie es!

»Ich muss schon noch mehr abnehmen.«

»Im Internat wird das Essen eh nicht so gut sein, oder?«

»Nein, zum Speiben.«

»Dann nimmst automatisch ab.«

»Eben nicht. Es ist grausig, aber man nimmt trotzdem zu. Ich glaub, sie mischen etwas hinein.«

»Ach so?«, lachte der Tscho. »Glaubst, sie mischen euch etwas hinein? Wegen dem Gewicht oder wegen dem Sex?«

Das ignorierte ich vorsichtshalber und sagte: »Ich muss noch in den Ferien unter 80 Kilo kommen.«

»Und wie viel hast jetzt?«

»81,5.«

»Dann isst du halt nur eine halbe Pizza. FdH! Kennst das? Friss die Hälfte!«

Ausgerechnet die Leute, die keine Ahnung und noch nie ein Kilo zu viel hatten, wollten beim Abnehmen immer mitreden.

»So geht das nicht«, sagte ich. »Ich mach nicht FdH, ich mache Schlank mit Wir.«

»Schlank mit Wir!«, sagte er in dem Tonfall, in dem er »Schwarzach!« gesagt hatte, und schüttelte den Kopf, als wäre ich so ein Idiot, der sich in Schwarzach operieren ließ.

Als die Kellnerin die Pizza brachte, sagte er: »Gibst einfach die Hälfte von deiner Pizza mir, ich mag leicht eineinhalb. Und die andere Hälfte lässt du dir schmecken. Auf Reisen muss man improvisieren.«

So etwas Nettes hatte er noch nie zu mir gesagt. Obwohl mir schon vom Geruch das Wasser im Mund zusammenlief, schnitt ich die Pizza einmal sorgfältig in der Mitte durch und legte die eine Hälfte für ihn auf den Besteckteller. Die andere kostete ich.

»Und?«, fragte der Tscho.

»So etwas Gutes hab ich noch nie gegessen.«

Meine Bedenken, dass es mir gerade pro Bissen zwei Kilo hinaufschnalzte, behielt ich für mich.

»Ich hab schon geglaubt, es schmeckt dir nicht«, lachte er und schob sich ein riesiges Stück in den Mund.

Gottseidank hatte ich die zweite Hälfte rechtzeitig zu ihm hinübergeschoben. Jetzt wäre es zu spät gewesen.

»Und am Abend packen wir die Ražnjići«, sagte der Tscho. »Da weiß ich schon, wo. Nicht weit von Novi Sad. So gute Ražnjići hast du noch nie gegessen!«

»Ich hab überhaupt noch nie Ražnjići gegessen.«

»Und vor allem die Pommes frites, das sag ich dir! Nicht so wie bei uns, sondern große! Und doppelt so viel als wie bei uns.«

Pommes frites: eine Million Kalorien.

Diesmal konnte ich mir das tonlos röchelnde Schaben nicht mit einem Kieselstein erklären. Ich konnte es mir überhaupt nicht erklären. Aber die Sirene in meinem Hirn ging erst ab, als der Tscho sagte: »Und morgen gehen wir ins Paradiz.«

# 31

Übertrieben gemütlich war die Lastwagenpritsche nicht. Ich hätte mich doch nicht für die obere entscheiden sollen. Wenn ich mich im Schlaf einmal umdrehte, lag ich unten. Das Schnarchen vom Tscho störte mich weniger als die Erinnerung an die Ražnjići. Und die Ražnjići waren auch noch das kleinere Problem. Aber ich hatte den Pommes frites nicht widerstehen können. Die Hälfte hatte ich sicher gegessen. Wenn nicht mehr.

Ich versuchte, meinen Atem dem regelmäßigen Schnarchen unter mir anzupassen, konnte aber trotzdem nicht einschlafen. Ich musste immer wieder die Kalorien meiner Pommes frites berechnen. Und die Kilos, die es mir hinaufschnalzen würde, wenn ich so weitermachte. Um nicht wahnsinnig zu werden, ging ich noch eimal die kyrillischen Buchstaben durch, die ich mir auf der Fahrt gemerkt hatte. Am meisten halfen mir die Schilder, auf denen die Ortsnamen in beiden Sprachen standen. Novi Sad war einfach: Нови Сад. Aber das »д« musste ich mir noch besser merken. Bei der Erinnerung an Sremska Mitrovica, wo wir abgefahren waren, wäre es mir fast gelungen, einzuschlafen, indem ich jeden einzelnen Buchstaben durchging: Сремска Митровица. Bis der Tscho anfing, die zwei- bis dreihunderttausend Johnny ohne Filter seines bisherigen Lebens auf einmal auszuhusten.

Ich blickte in das Universum der Leuchtziffern meiner Omega-Uhr und musste an meinen Vater denken, der im

Irrenhaus schlief wie ein braver Internatsschüler. Sogar sein Krankenhausbett hatte Ähnlichkeit mit unseren Internatsbetten. Dabei ging er normalerweise nicht vor vier Uhr früh schlafen. Er konnte nicht zusperren, bevor der letzte Stammgast heimging. Aber meine Mutter sagte, dass er selbst schuld war, wenn er mit ihnen Karten spielte. Manchmal nahm er ihnen das ganze Geld ab und noch die Armbanduhren. Manchmal kam er selbst ohne Armbanduhr heim. Dann kursierte wieder ein Pyramidenspiel im Dorf, bei dem alle reich wurden. Einmal verlor er in einer einzigen Nacht 20 000 Schilling. Dafür musste er ein halbes Jahr arbeiten. Oder es in der nächsten Nacht zurückgewinnen. In der Nacht ging es oft schnell, und jetzt schlief er im Irrenhaus neben dem Mars-Astronauten. Womöglich hatte der doch recht, und in Wirklichkeit flogen auch der Tscho und ich in unserer Schlafkapsel durch das All Richtung Mars. Aber aufgrund einer Geisteskrankheit hielt ich die Planeten vor dem Fenster der Raumkapsel für die Leuchtziffern meiner Omega-Uhr, und ich bildete mir ein, in einem Lastwagen zu liegen und in Jugo auf einem Lkw-Rastplatz zu übernachten.

Nur die Ražnjići konnte man beim besten Willen nicht als Astronautennahrung betrachten. So sehr konnte einen keine Geisteskrankheit täuschen. Mit Pommes frites. Der Tscho hat seine ganze Portion aufgefuttert und meine halbe noch dazu. Aber er wurde nicht dick. Ihm schlug es nicht an. Er war nicht der Typ dazu. Ich war der Typ dazu.

Morgen musste ich radikal auf die Bremse steigen. Der Tscho hatte mir schon gefüllte Paprika in Bulgarien in Aussicht gestellt. Gefüllte Paprika gehörten zu den Speisen auf der Welt, denen man nicht widerstehen konnte. Und trotzdem waren sie nur mein zweitgrößtes Problem.

Beim Ražnjići-Essen hatte der Tscho schon wieder mit dem Paradiz angefangen. Morgen siehst du das Paradiz und übermorgen das Meer. Ich war aber fest entschlossen, der Elsa treu zu bleiben. Obwohl sie es nicht verdiente. Weil sie dem Tscho alles verraten hat. Andererseits. Vielleicht musste sie einfach über mich reden, so wie ich immer an sie denken musste. So wie ich mir vorstellen musste, dass sie statt dem Tscho in der unteren Pritsche lag. Sie schlief lieber unten, weil sie Angst hatte, aus dem Bett zu fallen, wenn wir eine zu scharfe Kurve durch das Weltall machten.

Ich wachte erst auf, als der Tscho schon zwei Stunden gefahren war. Nächste Station Paradiz.

# 32

Der Parkplatz vor dem einstöckigen Gebäude war komplett leer, alle Fensterläden waren geschlossen, und die Tür war mit einem eisernen Rollladen verrammelt. Der rote Schriftzug »Paradiz« auf der weißen Hausmauer war abgeblättert, die Farbe der Buchstaben »Paj« und »Парадиз« war gar nicht mehr richtig zu identifizieren. Der aufgemalten Tänzerin fehlte überhaupt ein Bein. Ausgerechnet dort, wo sie es in einer akrobatischen Verrenkung hingestreckt hatte, war der Putz heruntergebrochen.

»Vor fünf sperren die nicht auf«, sagte der Tscho, ging aber trotzdem zur Tür und hämmerte gegen den Rollladen. Als niemand reagierte, ging er sogar um das Haus herum und klopfte an ein paar Fenster.

»Im Ostblock arbeiten nicht einmal die Huren was«, sagte er angefressen. »Dann fahren wir eben nach Niš hinein und schauen, dass wir inzwischen was zu essen kriegen.«

Das war meine Chance.

»Ich hätte noch was Gutes mit«, sagte ich und holte meinen Rucksack aus dem Scania. Der Tscho schaute misstrauisch.

»Bündnerfleisch!«, sagte ich und wickelte es vor seinen Augen aus.

»Was ist das?«

»Ein Rinderschinken! Der muss jetzt gegessen werden, sonst wird er noch hin.«

Gottseidank war das Bündnerfleisch so trocken, dass es

die Hitze tadellos überlebt hat. Ich wusste schon vom Frühstück, wie man die Campingsessel aus dem Fach unter dem Auflieger holte, und stellte sie auf. Der Scania warf um die Zeit gerade genug Schatten, dass wir nicht in der Sonne sitzen mussten.

In der Geschirrkiste waren drei Plastikteller. Zwei davon deckte ich als Essteller, auf den dritten legte ich das fein aufgeschnittene Bündnerfleisch und die Radieschen von meiner Mutter und die Tomaten, die wir bei der Ausfahrt von Novi Sad einem alten Bauern abgekauft hatten. Die Packung mit den Leinsamenbrotscheiben schnitt ich oben so auf, dass man nachher den Deckel wieder schließen konnte. Mit dem Messer hob ich zwei der vorgeschnittenen, aber fest zusammenklebenden Scheiben vorsichtig heraus und legte sie auf unsere Teller.

»Was ist das für ein Brot?«

Einen frisch gekochten Menschenkopf hätte er nicht mit mehr Misstrauen beäugen können.

»Leinsamenbrot.«

Er schüttelte den Kopf. »Naja«, sagte er und brach skeptisch ein Stück von seiner Scheibe ab. »Die Jugos haben eh kein gutes Brot.«

»Aber gute Tomaten«, sagte ich.

Das Bündnerfleisch schmeckte ihm. »Das ist einmal was anderes«, lachte er. »Festessen vor dem Puff!«

Er aß sogar eine zweite Scheibe Leinsamenbrot, und die Radieschen putzte er auch alle weg. Nach dem Essen stellte er den Gaskocher auf und machte uns noch einen Kaffee. Dann räumte ich das Geschirr zurück, steckte das Papier, in das der Metzger Maier das Bündnerfleisch gewickelt hatte, in den braunen Papiersack, in dem die Tomaten gewesen waren, knüllte beides zusammen und schoss den Ball über das Paradiz. Schlagballwerfen war die einzige Disziplin im Turnunterricht, wo ich nicht der Schlechteste war.

Der Tscho holte einen großen Schraubenzieher und ging eine Runde um den Scania. Mit dem Griff schlug er auf jeden einzelnen Reifen, um den Druck zu kontrollieren, und manchmal hebelte er mit der Spitze einen Kieselstein aus dem Profil, der über den Parkplatz spritzte und nach seiner Reise mit uns jetzt eine neue Heimat vor dem Paradiz fand.

»Nicht schlecht«, sagte ich, als einer der Kieselsteine nur einen halben Meter neben mir vorbeischoss, und der Tscho grinste über meinen lässigen Kommentar und versuchte es noch einmal, traf aber weit daneben. Dann holte er das Ersatzrad aus seiner Verankerung, und während ich mich noch fragte, ob einer der Reifen kaputt war, ließ er schon die Luft aus und holte etwas aus dem Reifen heraus. Wie der Zauberkünstler, der einmal im Internatsfestsaal aufgetreten war und bunte Tücher aus seinem Zylinder gezaubert hatte, holte der Tscho eine Packung Nylonstrümpfe nach der anderen aus dem Reifen.

»Willst du damit zahlen?«, fragte ich lässig.

Er schnaufte verächtlich. »Das sind hundert Paar! Weißt du, was die da herunten wert sind? Damit kauf ich das ganze Paradiz, wenn ich will.«

»Gegegeh. So ist es auch wieder nicht.«

Der Tscho war aber schon auf dem Weg zur Zugmaschine, wo er ein paar Schrauben löste. Dann kippte er langsam das Fahrerhaus. Es gefiel mir immer, wenn die Lastwagenfahrer ihre Kabinen kippten. So sahen die Sattelschlepper aus, als wären sie lebendig. Urzeitliche Fische mit seltsamen, nach vorne gekippten Köpfen. Dieses Ungeheuer hatte sich offenbar an zwei Packen Jeans verschluckt, die der Tscho jetzt unter den Radkästen herausholte.

»Was hättest du getan, wenn sie dir die Kabine am Zoll gekippt hätten?«, fragte ich.

»Ach, die Jugos kontrollieren nicht so genau. Außerdem brauchen die auch manchmal was für ihre Freundinnen.«

»Und wenn du nach Teheran fährst?«

»Da musst du das schon anders machen«, tat er geheimnisvoll. Dabei traute er sich dort sowieso nicht, weil er Angst vor den Stockhieben hatte.

Er warf die Jeans in eine Kiste. »Alles *Lewis*!«, lachte er. »Was anderes wollen sie im Ostblock nicht.«

Es gefiel mir, dass er es *Lewis* und nicht *Liweis* aussprach. Von meinem Bruder wusste ich, dass nur Klugscheißer *Liweis* sagten.

»Ich finde Wrangler lässiger«, behauptete ich.

»Tss! Wrangler!«

»Oder Lee!«

»Du vielleicht! Die Kommunisten wollen nur *Lewis*.«

Er kippte das Fahrerhaus zurück, montierte das Reserverad wieder unter dem Scania und packte die Strümpfe zu den Jeans. »Wenn es uns jetzt einen Reifen zerreißt, schauen wir blöd aus«, sagte er, schmiss sich in den Campingsessel und verschränkte die Arme.

»Bei der nächsten Tankstelle pumpe ich ihn dir auf«, sagte ich.

Aber der Tscho hatte seine Augen schon zu und antwortete nicht mehr. Wir dösten mit verschränkten Armen, hinter uns der Scania, vor uns das Paradiz und hinter dem Paradiz der Autoput. Es fehlten nur die Cowboyhüte und ein Mundharmonikaspieler, der für uns das Lied vom Tod spielte.

# 33

Kurz vor fünf fuhr ein blauer BMW auf den Parkplatz. Der Fahrer hatte lange, schwarze Locken und glotzte durch seine dunkle Sonnenbrille zu uns herüber.

»Zeit ist es geworden«, murrte der Tscho und ging hinüber. Ausnahmsweise bewegte er sich einmal nicht in seinem angriffslustigen Laufschritt. Vielleicht lag es nur an der Hitze. Oder er war durch das lange Dösen noch nicht richtig in Schwung und schlurfte deswegen so gelassen hinüber. Die beiden unterhielten sich kurz, dann stieg der Jugo aus und sperrte das Paradiz auf. Er war sehr dünn, von hinten war er nur halb so viel wie der Tscho, und aus irgendeinem Grund fand ich ihn besonders zum Fürchten, weil er so ein dürrer Kleiderhaken war, an dem die Hose schlackerte. Ich wunderte mich, dass der Hampelmann den schweren Rollladen überhaupt aufbrachte.

»Nimm die Kiste mit!«, rief der Tscho mir zu.

Ich folgte den beiden mit der Kiste voller Nylonstrümpfe und Jeans in das dunkle Paradiz. Der Jugo musste das Licht aufdrehen, weil die Läden alle verschlossen und dazu noch die Scheiben zugeklebt waren. Diese Stimmung, wenn man am helllichten Tag ein leeres Nachtlokal betrat, kannte ich schon. Als mein Vater eine Saison lang in einer Kellerdisco beschäftigt war, hatte ich ihm machmal beim Gläserwaschen geholfen. Ich hatte es immer genossen, in diese Unterwelt einzutreten, wo noch die überfüllten Aschenbecher und die verdreckten Tische von der Nacht zeugten, während wir die ersten Vorbereitungen für die nächsten Räusche trafen.

Der Paradiz-Chef nahm die Sonnenbrille auch im Lokal nicht ab. Er zählte die Nylonstrumpfpackungen ab – »jedan, dva, tri« –, bis er bei einem erschöpft geseufzten »sto« ankam und nickte. Auf die Jeans warf er nur einen Blick. Dann verschwand er kurz durch eine schmale Tür hinter der Bar, die so verspiegelt war, dass ich sie zuerst gar nicht gesehen hatte. Ich schaute den Tscho fragend an, und er sagte: »Fesches Lokal, ha?«

An seiner sonst immer so siegesgewissen Oberlippenkerbe erkannte ich, dass er auch nicht so locker war, wie er tat. Dann stand der Jugo wieder in der Spiegeltür. Er hielt eine Pistole in der Hand und kam damit näher. Der Tscho blieb aber ganz ruhig. Ich auch. Der Jugo legte die Pistole auf den Tisch, und der Tscho nahm sie und schaute sie skeptisch an. Aber nicht übertrieben skeptisch, nur so, wie er immer schaute. Der Jugo zeigte ihm, wie man das Magazin herausnahm, klickte es wieder hinein und ließ den Tscho probieren.

»Wie viel Schuss?«, fragte der Tscho.

»Acht Schusse«, sagte der Jugo. »Gut?«

»Gut.«

»Samma quitt«, sagte der Jugo und hielt ihm die Hand hin.

»Samma quitt«, sagte der Tscho und schlug ein.

»Nächste Mal nix Jeans«, sagte der Jugo. »Nur Strumpf!«

Der Tscho nickte stumm. Der Jugo deutete mit dem Kopf zur Tür und begleitete uns hinaus. Die Sonne blendete nach dem schattigen Lokal so extrem, als würde man vom Blitz getroffen.

»Was heißt ›Paj‹?«, fragte ich den Jugo und zeigte auf die

Buchstaben, die an der Wand neben »Paradiz« standen, ungefähr über dem noch vorhandenen Knie der Tänzerin.

»Raj!«, korrigierte der Jugo mich. »P ist R!«

Ich ärgerte mich über meinen Fehler. P ist R, das hatte ich doch schon gelernt.

»Raj«, wiederholte ich.

»Raj auch Paradiz!«

»Danke«, sagte ich, und er klopfte mir auf die Schulter: »Du verstehen ›Paradiz‹?«

»Ja.«

»Paradiz immer gut!«

Der Jugo sperrte das Paradiz zu, stieg in seinen BMW und fuhr davon. Wir stiegen in den Scania, aber in der stehenden Hitze war es fast nicht auszuhalten.

»Jetzt kennst das Paradiz auch«, sagte der Tscho, legte die Pistole in sein Türfach und fuhr los.

# 34

Zu den gefüllten Paprika kamen wir mit Verspätung. Wegen einem Stromausfall sind wir so lange an der bulgarischen Grenze gestanden, dass aus dem geplanten Mittagessen ein frühes Abendessen wurde. Und als einzige Mahlzeit am Tag waren die Paprika in Ordnung. Sogar mit Tomatensauce. Der Grenzstau hatte für mich ein Wunder gewirkt.

Aber da ich seit zwei Monaten nicht mehr eine solche Portion verschlungen hatte, wurde ich davon so müde, dass mir beim Weiterfahren die Augen zufielen. Aufgewacht bin ich erst wieder, als es schon finster war: »Wo sind wir?«

»Hast gut geschlafen?«

»Sind wir bald an der Grenze?«

»An was für einer Grenze?«

»An der griechischen.«

»Vor einer Stunde.«

»Und was ist mit dem Übersetzen?«

»Du bist mir eine Hilfe!«, lachte der Tscho.

»Was war denn?«

»Hat sich erledigt.«

»Ehrlich?«

Er zuckte nicht einmal mit den Schultern.

»Tut mir leid.«

»Meine Frau sagt, du entschuldigst dich bei jeder Gelegenheit.«

Ich konnte es nicht glauben, dass ich meinen Einsatz als

Übersetzer verschlafen hatte. »Warum hast du mich nicht geweckt?«

»Es war ja noch nicht der Zollhafen. Wie oft soll ich es dir noch sagen? Wir sind plombiert! Zoll ist erst in Saloniki.«

Ich war so erleichtert, dass ich nicht einmal der Elsa böse dafür war, dass sie das mit dem Entschuldigen erzählt hat.

»Warten haben mich die Griechen trotzdem lassen.«

»Ist wieder der Strom ausgefallen?«

»Fast zwei Stunden sind wir gestanden.«

»Und das Meer?«

»Das Meer siehst du morgen. Jetzt schlafen wir einmal. Ich bin schon müde. Nach Saloniki fahren wir morgen hinein.«

»Wo übernachten wir heute?«

»Das wirst gleich sehen«, sagte er.

»Gleich« war eine gute Stunde später. Und gesehen hat man überhaupt nichts. Sobald unsere Scheinwerfer aus waren, war die Welt verschwunden. Dass wir an einem Waldrand standen, war nur noch zu hören und zu riechen. Kein einziger Stern war am Himmel. Ich hatte noch nie so eine finstere Nacht erlebt.

Zum ersten Mal wirkte der Tscho erschöpft. Er nahm die Pistole und verzog sich damit auf seine Pritsche. Schon zweimal war er überfallen worden, weil die Lastwagenfahrer immer Bargeld dabeihatten, für den Diesel und die alltäglichen Ausgaben. Dass er die Pistole deshalb brauchte, glaubte ich ihm. Aber ich glaubte es auch wieder nicht. Es kam mir komisch vor, dass er es mir überhaupt erklärt hat.

Ich beschloss, vorsichtshalber wach zu bleiben. Für den Fall, dass er mich doch hier erschießen und im Wald deponieren wollte. Die Zikaden halfen mir dabei, denn sie waren so laut, als wären sie extra hier, um mich wach zu halten.

So wie uns der Lateinlehrer erzählt hat von den Gänsen im alten Rom oder im alten Athen oder in irgendwas Altem. Es mussten Millionen Zikaden sein. Milliarden. Mehr als Sterne. Ich wunderte mich über das wellenförmige Auf- und Abschwellen ihres Lärms, als wäre es das Meer.

»Auf!«

Der Tscho rüttelte mich.

»Wach endlich auf, du fauler Stinker!«

Die Pistole hielt er nicht in der Hand. Das erkannte ich sogar durch meine noch halb geschlossenen Augen, so hell schien die Sonne.

»Bist du tot, oder was?«

Er lachte und behauptete, dass er schon seit fünf Minuten versuchte, mich zu wecken. Tot war ich nicht, obwohl das Meer sich so blau vor den Scania hingeparkt hatte, als wäre die offene Scaniatür das Himmelstor, durch das der Tscho mich in das Jenseits komplimentierte.

# 35

»Tu weiter!«, schiss er mich zusammen, obwohl ich noch nicht einmal richtig geradeaus schauen konnte.

Er deutete mit dem Kopf Richtung Meer, was so viel hieß wie Aufbruch ohne Frühstück. So viel sah ich aber schon, dass es zum Meer ziemlich steil hinunterging. Und ohne Frühstück war ich kein guter Kletterer. Auch mit Frühstück nicht. Ich war überhaupt kein Kletterer. Gottseidank war in der Thermosflasche noch ein bisschen kalter Kaffee. Ohne Kaffee konnte ich mich nicht bewegen. Es musste etwas Erbliches sein. Oder es lag daran, dass ich mich schon als kleines Kind an den Bohnenkaffee gewöhnt hatte. Mit dem Eintritt in die Schule hatte ich die Kakao-Ära beendet, um mit meiner Mutter jene verzwickten Momente des Tages zu bewältigen, in denen nur ein Kaffee hilft. Und ein Stück Kuchen dazu. Nur die Zigarette teilte sie nicht mit mir. Wenigstens durfte ich ihr Feuer geben.

Ich trank den letzten Rest aus der Thermosflasche und rannte dem Tscho nach. Ein paar Meter die Straße zurück, dann weiter über einen Eselspfad in einen dürren Wald hinein. Beim Versuch, den Glasscherben und Klopapierfetzen auszuweichen, zerkratzte ich mir die Arme und Beine an den dornigen Büschen. Aber das merkte ich erst später. Vor Aufregung hätte ich es wahrscheinlich nicht einmal bemerkt, wenn ich mir ein Bein gebrochen hätte. Und auf einmal wäre es für den Tscho ganz leicht gewesen, mich um die Ecke zu bringen. Wir standen auf einer mindestens

20 Meter senkrecht abfallenden Klippe. Vorsichtshalber blieb ich einen halben Schritt hinter ihm stehen.

Gleichzeitig war es aber eine so angenehme Vorstellung, da hinunterzusegeln, dass ich aufpassen musste, der Verlockung nicht zu erliegen. Vielleicht musste man sich nur konzentrieren und den Körper in die richtige Stellung bringen. Man musste den Moment für den Absprung exakt erwischen und die Arme und Beine in einem bestimmten Winkel wegstrecken, damit man gewichtslos auf dem Luftpolster zu liegen kam und elegant hinaussegelte. Viel schwieriger als Schwimmen konnte es nicht sein. Hier war ja sowieso nicht zu erkennen, wo das Wasser aufhörte und die Luft anfing. Vielleicht lag es an diesem Ausblick, dass ich ein bisschen rauschig war.

»Was sagst du?«, fragte der Tscho, ohne sich umzudrehen.

»Das kenne ich.«

»Das kennt er«, lachte der Tscho verächtlich und spuckte in den Abgrund.

»Von dem Foto in eurer Küche, das hast du an dieser Stelle gemacht.«

»Aso? Das erkennst du sofort?«, staunte der Tscho.

Das Einzige, was hier fehlte, war das berühmte Lächeln, das auf dem Foto einen Teil des Ausblicks verdeckte. Ohne das Strahlen der Elsa war das Meer eine halbe Sache.

»Bis jetzt war meine Frau die Einzige, der ich das gezeigt habe. Diese Stelle ist mein Geheimnis, die kennt keiner!«

»Pass auf, dass du nicht hinunterfällst«, sagte ich.

Der Tscho gab keine Antwort. Wie ein Schlafwandler schaute er so konzentriert in die Ferne, als würde er dort, wo man nicht mehr wusste, ob das Blau vom Meer oder vom Himmel war, das Auftauchen eines Schiffes aus einer anderen Welt erwarten. Ich hoffte nur, dass er dabei nicht vergaß, wie nah am Rand der Klippe er stand. Womöglich glaubte er allen Ernstes, man müsste nur die Arme ein bisschen wegstrecken. Und die Beine. In einem gewissen Winkel.

Um ihn nicht hinterrücks zu erschrecken, stieg ich am abweisenden Rücken des Tscho vorbei auf einen Felsvorsprung hinaus. Man sollte den Leuten sowieso immer ins Gesicht schauen, wenn man mit ihnen redete. Nicht nur, wenn es direkt vor ihnen 20 Meter hinunterging. Mir lag schon auf der Zunge, was ich zu ihm sagen wollte. Aber ich sagte dann doch nichts, sondern drehte mich sofort wieder um und tat so, als hätte ich die Tränenbäche nicht gesehen, die über die Wangen des Tscho rannen wie bei einem kleinen Kind. Als könnte ich es nicht mehr erwarten, kletterte ich einfach den steilen Pfad hinunter. So ließ sich das Ganze vielleicht ungeschehen machen. Ich stieg über ein paar Felsbrocken hinaus und suchte mir eine flache Stelle, von der aus ich das Meerwasser mit meinen Händen berühren konnte. Ich versuchte, meine Handflächen von den sanften Wellen bewegen zu lassen, ohne dass sie einsanken. Als würde eine durchsichtige Wasserhaut meine Hände tragen.

Womöglich war ich beim Anblick des Meeres verrückt geworden und hatte mir seine Tränen nur eingebildet. Immerhin war mein Vater im Irrenhaus, da konnte ich auch Halluzinationen haben. Diese Erklärung wäre mir auf jeden Fall lieber gewesen. Ich wusste schon, dass sie nicht stimmte. Dummerweise war ich nicht verrückt. Das war mir schon öfter aufgefallen. Ich war der einzige Normale in dieser Familie. Aber das konnte auch nur mir passieren, dass ich zum ersten Mal im Leben am Meer war, noch dazu an der schönsten und geheimsten und steilsten Stelle bei

Sonnenaufgang, mich aber ausschließlich mit dem Salzwasser beschäftigte, das hinter meinem Rücken aus dem Lastwagenfahrer lief.

Sosehr ich mir auch wünschte, mich getäuscht zu haben, widerstand ich doch der Versuchung, mich nach ihm umzublicken. Ich konzentrierte mich lieber weiter auf meine Hände, die schwerelos auf dem Wasser schaukelten, und versuchte zu vergessen, was ich gesehen hatte. Vielleicht vergaß er es dann auch, und wir konnten so tun, als wäre nichts gewesen.

# 36

Hinter mir hörte ich den Tscho mit schnellen Schritten näher kommen. Sogar von seinen Schritten fühlte man sich zusammengeschissen. Aber statt dass er mir einen Arschtritt gab, sagte er nur: »Schwimmst a Runde, ha?«

Gegen ein »ha?« aus dem Mund des Tscho war schwer etwas einzuwenden. Im Prinzip konnte man nur spuren. Es sei denn, es ging um Schwimmen.

»Schwimmen ist mir zu nass«, sagte ich lässig.

Es war ein klarer Fall. Weil ich ihn beim Flennen gesehen hatte, wollte er mich zwingen, meinen Bauch herzuzeigen. Dabei fand ich es nicht so schlimm, dass ihn der Anblick des Meeres so berührte. Aber nein, ein Tscho musste natürlich die Oberhand behalten.

»Stinkst eh schon wie ein Iltis«, lachte er sein grimmigstes Lachen.

»Gegegegeh.«

Ich hatte keine Ahnung, wie ein Iltis roch. Ich wusste nicht einmal, wie ein Iltis aussah. Oder was ein Iltis überhaupt genau sein sollte. Aber vermutlich roch er nicht übertrieben gut.

»Die Frau sagt auch immer, dass du dich genierst wegen dem Bauch und nicht schwimmst.«

Schon vor längerer Zeit hatte ich ein Naturgesetz entdeckt: Wenn man etwas sehr Schönes erlebte, passierte immer gleich etwas entsprechend Schreckliches. Damit alles im Gleichgewicht blieb. Wenn man zum ersten Mal das Meer sah, sagte zum Beispiel jemand: Meine Frau sagt, du genierst dich wegen dem Bauch. So musste es sein. Wegen der Balance. Es war wie beim Fliegen. Das Leben musste aufpassen, dass kein Ungleichgewicht entstand. Es war eigentlich etwas Gutes. Aber es fühlte sich nicht gut an.

Doch gleich verteidigte ich die Elsa wieder wie ein Rechtsanwalt im Fernsehen, der einen Unschuldigen vor der Todesstrafe retten will: Es könnte sein, argumentierte ich mit geschliffenen Gedanken, dass der Tscho nur einen Keil zwischen die Elsa und mich treiben will und es erfunden hat. Vielleicht hat sie gesagt, dass ich nicht im Schwimmingpool geschwommen bin. Aber um mich in Schutz zu nehmen! Weil es ihm nicht gepasst hätte. Das war alles, was sie gesagt hat, und das mit dem Bauch hat er dazuerfunden. Weil ich ihn beim Heulen erwischt habe.

»Jetzt bist du das erste Mal am Meer, da musst du auch hineinspringen«, sagte der Tscho. »Ich werde dir einmal was sagen«, schiss er mich zusammen, »so eine schöne Stelle findest du kein zweites Mal. Weil ich hab extra den Umweg gemacht, um sie dir zu zeigen.«

Und noch bevor mir eine richtig gute Ausrede einfiel, zog er schon sein Hemd aus und sagte: »Kannst es dir ja noch überlegen, ich hau mich einmal hinein.«

Er warf seine Jeans auf das karierte Hemd, obwohl man doch immer das Hemd auf die Hose legen sollte, und schmiss sich nackt ins Wasser. Ich zog mich so schnell aus, dass ich schon hinter ihm im Wasser war, bevor er richtig auftauchte. Dann schwamm ich wie ein Irrer mehrere Minuten lang hinaus, als müsste ich noch vor Mittag in Thessaloniki sein. Als wäre ein Motor in mir angesprungen, den ich nicht mehr abstellen konnte. Ich musste an den Epileptiker in unserer Schule denken, der einmal vor meinen Augen zuckend umgefallen war, so unkontrollierbar trieb mich mein Schwimmkrampf durchs Meer. Als das Zappeln endlich aufhörte, schwamm ich trotzdem nicht zurück. Ich ließ mich von der Strömung weiter hinaustreiben. Vielleicht war ich doch von der Klippe gesprungen, und das war jetzt der Moment, wo man unten nicht aufschlug, weil man die Arme und die Beine wegstreckte und elegant hinaussegelte. Es war so ein wahnsinnig gutes Gefühl, dass ich beschloss, nie wieder an Land zu gehen.

Und zu ungefähr einem Prozent gelang mir das auch. Denn als ich wieder an Land ging, hatte ich bestimmt ein Kilo abgenommen. Ein Teil von mir war im Meer verdunstet. Ich zitterte am ganzen Körper, und der heiße Felsen unter meinen Füßen fühlte sich so an, als hätte ich gerade einen fremden Planeten betreten. Mein Schatten war wahnsinnig dünn. Fast so dünn wie das verreckte Bäumchen, zu dem er über mehrere Felsblöcke hinweg zeigte, wodurch es wirkte, als würde mein Schatten dort auch noch dürr und zerfranst in die Höhe wachsen. Der Tscho war schon längst aus dem Wasser draußen. Er hatte seine Hose wieder an und stand mit nacktem Oberkörper ganz oben auf der Klippe. Mit den nassen Haaren schaute er völlig verändert aus, seine Wellen waren verschwunden, und er hatte viel längere Haare. Fast schon lässig. Als ich bei ihm ankam, sagte er: »Du schwimmst eh nicht schlecht.«

Wenn er jetzt sagt, Fett schwimmt, bring ich ihn um, dachte ich. Aber er sagte nichts mehr.

Und ich sagte: »Wahnsinn, das hätte ich mir nicht gedacht, dass das Wasser so salzig ist.«

# 37

Während ich für das Frühstück die Campingsessel unter dem Auflieger herausholte, stellte der Tscho das Kaffeewasser auf.

»Das dauert eine Weile«, schimpfte er, als es nicht gleich kochte. »Auf Meereshöhe wartet man immer eine Ewigkeit. Da merkt man schon einen Unterschied zu uns daheim.«

»Gegegeh.« Obwohl ich auch schon davon gehört hatte, konnte ich mir nicht vorstellen, dass die 800 Meter einen merkbaren Unterschied ausmachten.

»Ja, schau halt! Da rührt sich gar nichts. Auf einem Berg geht es am schnellsten.«

»Das hängt mit dem Luftdruck zusammen.«

»Sehr richtig, Herr Doktor. Und wieso?«

»Keine Ahnung.«

»Keine Ahnung, sagt er«, sagte der Tscho. »Was lernt ihr eigentlich in der Schule?«

Solche Sachen interessierten mich nicht besonders. Ich hatte genug andere Sorgen, ich konnte mich nicht auch noch um den Luftdruck kümmern. Ob das Wasser schneller in einem Land kochte, das ich nicht kannte, oder auf einem Berg, auf den ich nicht hinaufwollte, war mir scheißegal.

»Ich finde es schwierig, mir den Luftdruck vorzustellen«, gab ich zu.

»Da ist nichts schwierig! Wenn im Reifen kein Luftdruck ist, fahre ich auf der Felge, das ist doch ganz einfach. Da drücken die dreißig Tonnen durch, dass du dir gern einen Luftdruck vorstellst! Wenn ich nur fünf Bar drinnen hab statt sieben, fahre ich wie auf Wolken, und bald zerreißt es ihn sowieso.«

»So einen Luftdruck kann man sich schon vorstellen«, räumte ich ein. »Aber in der freien Natur kann ich mir keinen Luftdruck vorstellen.«

»In der freien Natur ist es genau dasselbe«, beendete der Tscho die Diskussion, und ich dachte für mich: Der Tscho kann es sich in der freien Natur auch nicht vorstellen.

»Auf dem Mount Everest kocht das Wasser am schnellsten«, sagte er, als wäre das eine Erklärung. »Aber das kochende Wasser ist nicht so heiß wie herunten. Es steigen nur die Blasen vorher auf, weil der Luftdruck geringer ist. Verstehst du?«

»Sicher«, sagte ich, weil ich den Tscho nicht nerven wollte. Ich holte das Leinsamenbrot, einen Paprika und einen Becher Hüttenkäse aus meinem Rucksack und legte alles auf den Tisch.

»Hab ich einmal im Fernsehen gesehen«, sagte der Tscho. »Wenn Wasser einmal kocht, kannst du heizen, so viel du willst, es wird nicht heißer. Hast du dir das schon einmal überlegt? Ein siedendes Wasser kann nicht heißer werden! Es wird nur weniger!«

Ich war froh, als endlich die Luftblasen aus dem Wasser im Alutopf entwichen.

»Siehst du«, sagte er zufrieden. Er beobachtete die Luftblasen so fasziniert, dass ich schon befürchtete, er würde so lange warten, bis sich das gesamte Wasser in Luft verwandelt hat.

»Da wird man ganz deppert, wenn man zu lange zuschaut«, schiss der Tscho die aufsteigenden Bläschen zusammen.

Ich schüttete das Nescafépulver in unsere Tassen und hielt sie ihm hin, damit er endlich aufgoss.

»Dabei müsste es eigentlich unten schneller kochen«, sagte er und beäugte meinen Hüttenkäse misstrauisch.

»Wieso?«

»Da sind wir näher bei der Hölle. Und der Gott wohnt näher beim Everest.«

Wenn jemand »der Gott« sagte, verging mir schon alles. Ich war sicher, dass der Tscho noch nie in seinem Leben über so etwas geredet hatte, aber ausgerechnet bei mir fing er damit an.

Um ihn abzulenken, sagte ich: »Fragt sich, wie der Kaffee auf dem Mount Everest schmeckt, wenn das Wasser bei siebzig Grad kocht.«

»Scheußlich«, sagte der Tscho. Man hätte meinen können, er war schon einmal auf dem Mount Everest. »Wenn der Kaffee nicht heiß ist, ist er nicht zum Saufen.«

»Aber heiß ist er ja, oder? Wenn er kocht?«

»Heiß schon. Aber nicht so heiß wie herunten. Du keinen Zucker?«

»Nein danke.«

»Neindanke – Jabitte! Du bist richtig gut erzogen, ha?«

Als Antwort darauf bemühte ich mich, den Kaffee möglichst laut zu schlürfen.

»Und?«, fragte der Tscho. »Hab ich gut gekocht?«

»Nicht zum Saufen«, sagte ich.

»Nicht zum Saufen, sagt er.«

Fast wäre ihm ein Lachen ausgekommen.

»Wegen dem Salzwasser im Mund«, erklärte ich ihm.

»Musst einen Zucker hineintun.«

»Aber gekocht hast du gut. Schön heiß! Aus dir wird noch einmal was.«

»Das kannst du laut sagen. Ich werde noch einen Aufstieg hinlegen. Wie die Luftblasen im Wasser«, sagte er und deutete angeekelt auf meinen Hüttenkäse: »Was soll das sein?«

Ich hielt ihm den Becher hin, und obwohl er dabei verächtlich den Kopf schüttelte, schöpfte er mit seiner Brotscheibe ein bisschen heraus.

»Hast du gewusst, dass Kaffee null Kalorien hat?«, fragte ich ihn.

»Null?«

»Ohne Milch und Zucker natürlich.«

»Null wird's nicht sein«, behauptete der Tscho. »Ein bisschen wird er schon haben.«

»Kannst du dir eine Kalorie vorstellen?«

»Kalorie ist der Brennwert.«

»Ja, aber vorstellen.«

»Was heißt vorstellen!«, regte der Tscho sich schon wieder auf. »Du stellst Fragen! Da könnte ich genauso sagen, was weiß ich: Kannst du dir ein Vitamin vorstellen?«

»Ein Vitamin?«

»Ja. Wie stellst du dir das vor?«

»Naja, das kommt darauf an.«

»Auf was?«

»Was für ein Vitamin es ist.«

»Du hast auch keine Ahnung«, lachte der Tscho.

»Und wie schmeckt dir der Hüttenkäse?«

»Nicht zum Fressen!«, sagte der Tscho und räumte mit der Brotscheibe noch den Rest aus dem Becher, obwohl er schon mehr als die Hälfte gegessen hatte.

»Fahren wir«, sagte er mampfend.

Wir wuschen mit ein paar Tropfen aus dem Wasserkanister das Geschirr ab, verstauten die Sachen und fuhren die enge Straße zurück. Jetzt wurde mir erst klar, was für eine halsbrecherische Fahrt der Tscho hier in der Nacht hingelegt hat, damit ich das Meer nicht an der falschen Stelle zum ersten Mal sah.

# 38

»Drehst jetzt durch?«, fragte der Tscho.

So etwas Kindisches hatte ich schon lange nicht mehr gemacht. Die Scheibe hinuntergekurbelt und einen Indianerschrei hinausgeschmettert. Aber so eine Stadt und solche Straßen und solche Leute und solche Häuser hatte ich ja auch noch nie gesehen.

»Schau!«, rief ich.

Ich rief aber nicht nur einmal »Schau!«. Sondern so oft, wie man eben »Schau!« sagen kann, wenn man ununterbrochen »Schau!« ruft, während man in einem Scania nach Thessaloniki hinunterfährt. Es war so viel zu sehen, dass ich es anders nicht ausgehalten hätte. Aber wie sehr ich mir auch den Hals verrenkte, eines konnte ich nicht entdecken.

»Wo ist das Meer?«

Aus der Ferne hatte man es gut gesehen. Das Meer, in dem ich gerade noch geschwommen war. Aber jetzt, wo wir näher kamen, ließ es sich nicht mehr blicken. Obwohl die Straße bergab führte, war am Ende der Straße nicht das Meer, sondern ein Haus.

»Das Meer ist weg«, sagte der Tscho.

»Ebbe?«

»Ja, in deinem Hirn ist auch Ebbe«, lachte er.

Als er um das Gebäude herumkurvte und danach wieder bergab fuhr, tauchte am Ende der neuen Straße wieder kein Meer auf. Und an der nächsten Kreuzung noch immer kein Meer. Dafür war an jeder Ecke eine Bar, und die Bars waren fast noch besser als das Meer. Ich schaute den Leuten nach, die vor den Bars saßen und uns nachschauten. Überall Bars und überall Leute. Ich holte meinen Fotoapparat heraus, den ich bei einem Preisausschreiben gewonnen hatte. Ohne Unterschied fotografierte ich, was uns gerade unterkam. Ich konnte gar nicht schnell genug den Film weiterdrehen. Alles hier war besser als alles, was ich jemals gesehen hatte. Ich konnte nicht aufhören zu fotografieren und zu grinsen. Mein Mund verzerrte sich einfach. Ob ich wollte oder nicht. Es war mehr eine Fratze als ein Grinsen. Ich hielt mein Gesicht in den Fahrtwind, damit der Tscho mein geistesgestörtes Grinsen nicht sehen konnte. Aber das war das falsche Rezept, denn je mehr ich von der Stadt aufsog, umso schlimmer wurde das irre Grinsen.

Und vor lauter Schauen übersah ich das Wichtigste.

»Da!«, sagte der Tscho.

Gerade noch rechtzeitig drehte ich den Kopf nach links.

»Schiff!«, rief ich.

Ich rief nicht »Wahnsinn, so große Schiffe!«, ich rief nicht einmal »Schiffe!«. Als wäre der Tscho nicht der Tscho, sondern der Robinson Crusoe, den ich schon zweimal im Fernsehen gesehen hatte, und ich war der Freitag, der gerade das erste Wort in der fremden Sprache probierte, rief ich nur: »Schiff!«

Ich drückte auf den Auslöser, hatte aber schon alle sechsunddreißig Fotos verschossen.

»Schiff, sagt er«, lachte der Tscho.

Dann muss sich mein Hirn umgedreht haben. So wie man sich körperlich bei einer blöden Bewegung etwas aushängen kann, muss mein Hirn ein bisschen aus der Verankerung gekippt sein. Denn ich hatte auf einmal das Gefühl, dass ich alles verstehen konnte, was an den Häusern angeschrieben stand. Dabei hatte ich in der Schule noch gar nicht Griechisch. Nur mein Bruder hatte mir einmal die Zeichen erklärt.

»καφετέρια«, las ich vor und erklärte dem Tscho: »Kaffeehaus!«

»φαρμακείο«, las ich vor und übersetzte: »Apotheke!«

»Apotheke, sagst du?«

»φωτογράφος«, las ich und rief: »Fotograf!«

»Griechisch musst du können als Pfarrer«, tat er unbeeindruckt.

»Ich werde nicht Pfarrer. τηλέφωνο«, las ich von einer Telefonzelle ab und erklärte ihm: »Telefon!«

»Du bist ganz ein Gescheiter, ha?«

»βιβλιοθήκη«, stand groß über dem prächtigen Eingang eines Gebäudes, und ich rief: »Bibliothek!«

Der Tscho schüttelte den Kopf.

»θέατρο«, las ich und rief: »Theater!«

»Φεστιβάλ 2. Σεπτέμβριος«, konnte ich auf einem Plakat entziffern und sagte: »Am 2. September ist ein Festival. Können wir so lange bleiben?«

»Was?«

Nur das Wort, das auf jedem zweiten Lieferwagen stand, konnte ich nicht entschlüsseln. »μεταφορά«. Ich las es mehrmals laut vor, als der Tscho hinter einem weißen Ford Transit herfuhr, auf dem es in großen blauen Buchstaben stand: »Metafora«. Aber mir war schleierhaft, was es heißen sollte. Eigentlich beruhigte es mich, dass ich doch nicht alles verstehen konnte. Ganz normal wäre es ja nicht gewesen.

Da erwachte auf einmal der Tscho zum Leben: »Was ist, Herr Professor? Metafora – verstehst das nicht?«

»Was soll das heißen?«

»Metafora, das versteht doch jeder Trottel«, sagte der Tscho.

»Und?«

»Das heißt einfach Transport. Das Normalste auf der Welt.«

»Transport«, wiederholte ich. »Drum steht das auf allen Lieferwagen.«

»Sehr richtig.«

Dann blieb er stehen und schmiss mich aus dem Auto.

# 39

»Ist das der Zollhafen?«, fragte ich, denn er hatte den Scania in der Ladezone vor einem riesigen grauen Lagerhaus abgestellt.

»Der Zollhafen!« Der Tscho schüttelte ratlos den Kopf. »Hast du schon einmal einen Hafen mitten in der Stadt gesehen? Ohne Wasser?«

»Ich hab überhaupt noch nie einen Hafen gesehen«, rechtfertigte ich mich.

»Der Zollhafen ist außerhalb. Da brauchst nicht mitkommen. Bis die die Kühlschränke ausgeladen haben, wirst alt. Ich lass dich da schnell aussteigen. Kannst dir inzwischen die Stadt anschauen.«

»Aber brauchst mich nicht zum Übersetzen?«

Er tat so, als hätte ich nichts gesagt, zog einen Stadtplan von Thessaloniki aus seiner Mappe und machte ein Kugelschreiberkreuz hinein.

»Da sind wir!«, sagte er. »Die griechische Schrift kannst ja lesen.«

Ich hätte ihn gern gefragt, warum er mich überhaupt mitgenommen hat, traute mich aber nicht.

»Da drüben – siehst du die Bar?«

»Sicher.«

»Kannst das lesen, wie die heißt?«

»Aristoteles«, sagte ich.

»Da treffen wir uns um halb sechs wieder. Du musst deine Uhr eine Stunde vorstellen. Hier haben sie eine andere Zeit.«

»Sicher«, sagte ich, beschloss aber, die Stunde lieber im Kopf dazuzurechnen. Das hätte gerade noch gefehlt, dass ich meine Omega-Uhr mutwillig um eine ganze Stunde verstellte, wo ich vom Shop aus jeden Tag mehrmals bei der Zeitansage anrief, um sie in enervierender Geduldsarbeit auf die Sekunde genau zu stellen.

»Wenn du rechts vom Aristoteles hinuntergehst, kommst direkt zur Mole. Da kannst herumspazieren. Der Passagierhafen ist da auch.«

Ich wollte sagen, dass ich mir lieber den Frachthafen angeschaut hätte. Und dass ich ihm doch dolmetschen wollte. Aber als der Tscho die Pistole in meinen Rucksack steckte, war mir klar, dass er mich dort nicht brauchen konnte.

»Die nimmst mit. Der Teufel schläft nicht. Dass mir die noch irgendein Zöllner abnimmt, brauch ich nicht. Erschieß halt keinen.«

Dann griff er noch einmal in den Rucksack, nahm das Magazin aus der Pistole und steckte die beiden Teile getrennt zurück zu meinem Leinsamenbrot und den zwei Thunfischdosen, die ich noch übrig hatte. Ohne pikante Gemüsesauce natürlich, nur Fisch. Sauce ist am gefährlichsten.

»Vorsicht ist die Mutter der Porzellankiste. Kennst den Spruch?«

»Das ist kein Spruch«, belehrte ich ihn, »das ist ein Sprichwort.«

Statt darauf etwas zu sagen, drückte er mir ein paar griechische Geldscheine in die Hand und schiss mich zusammen: »Und das sind Drachmen! Ungefähr 100 Schilling! Die zieh ich dir nachher von deinem Lohn ab. Verirr dich nicht!«

Ich betrachtete die antiken Helden, die auf den Geldscheinen abgebildet waren. Dann stieg ich aus, und während ich die Straße Richtung Aristoteles überquerte, rumpelte der Scania schon davon. Ich war enttäuscht, dass er mich nicht brauchte. Aber als er für mich hupte, war ich schon wieder gut mit dem Tscho.

Vor dem Aristoteles saßen Männer mit schwarzen Schnurrbärten und spielten ein komisches Brettspiel. Runde Steine wie bei Dame, aber mit Zacken auf dem Brett. Ich freute mich schon darauf, dass ich da nachher mit dem Tscho sitzen würde. Als ich um die Ecke bog, sah ich am Ende der schattigen Gasse das Meer glitzern und beschloss, nie wieder in das Internat zurückzukehren.

Und das war noch, bevor die Antonia auftauchte.

# 40

Der Tscho konnte es nicht wissen, aber sein »Verirr dich nicht!« war nicht unberechtigt. Mir war schon öfter aufgefallen, dass ich keinen Orientierungssinn hatte. Von meiner Mutter geerbt. Besser gesagt: nicht geerbt. Von meinem Vater auch nicht geerbt. Außer meinem Bruder hatte keiner von uns einen Orientierungssinn. Der musste seinen Orientierungssinn weitschichtig geerbt haben. Aber seit er sich mithilfe seines Orientierungssinnes aus dem Staub gemacht hat, war die Bahn frei für uns. Wir verirrten uns. Wir bogen falsch ab. Wir bogen richtig ab, aber an der falschen Stelle. Wir stiegen in die richtigen Busse, aber in die falsche Richtung. Wir erreichten das Ziel, erkannten es aber nicht von dieser Seite. Deshalb war es ein großer Vorteil, dass es zum Meer hinunter einfach nur geradeaus ging. Und noch dazu abwärts. Abwärts war immer einfacher. Hinauf und hinunter verwechselte man nicht so leicht wie links und rechts.

Als sich eine Baustelle in den Weg stellte, konzentrierte ich mich doppelt. Das waren immer die Sachen, wo man einen Fehler machte. Überraschende Hindernisse. Einmal nach links, prägte ich mir ein. Das war beim Zurückgehen dann nach rechts. Die Baustelle war aber ein Glück. Sonst hätte ich die Gasse mit dem Fischmarkt nicht entdeckt. Außer im Fernsehen hatte ich noch nie einen Fischmarkt gesehen. Wie auf einem Jahrmarkt reihte sich ein Fischhändler an den anderen. Sie schrien herum, über die Gasse hinweg, schauten aber nicht böse. Es klang, als würden sie streiten, aber sie lachten dabei. Die Fische schauten böse. Sie meinten es aber nicht persönlich. Ich konnte ja nichts dafür, dass sie tot waren. Zumindest konnte ich nichts dafür, dass sie so wenig Kalorien hatten. Aber eines hätte ich mir nie gedacht. Wie riesig ein Thunfisch außerhalb der Dose war. Sardinen waren so groß wie immer. Bisher hatte ich in echt eigentlich nur Forellen gesehen. Mir fiel ein, wie ein Fischer einmal an unserem Haus vorbeigekommen ist und meiner Mutter eine Bachforelle geschenkt hat. Das war wahnsinnig nett von dem. Wir waren dann aber nicht sicher, ob sie wirklich tot war, obwohl wir wussten, wie man einen Fisch umbringt. Wir hatten ihr die Zunge schon zweimal hineingedrückt. Zuerst meine Mutter, dann ich. Aber weil der Schwanz in der Pfanne zuckte, haben wir sie mit gemischten Gefühlen gegessen.

Hier gab es Fische, die so böse dreinschauten, dass ich sie nicht einmal gegessen hätte, wenn sie eine ärztliche Todesurkunde gehabt hätten. Mit Augen und Zähnen und Schnurrbärten und in Farben, die ich nur von den Benzinlacken kannte, die sich bei Regen auf der Tankstelle bildeten. In bunten Plastikschüsseln lagen Muscheln und Schnecken und Seesterne und Krebse und Tintenfische mit Fangarmen und mit Noppen wie bei meinen Tormannhandschuhen, die ich einmal vom Christkind bekommen hatte, aber trotzdem war ich nur Reservetormann in der Klassenmannschaft. Und sonst wollte ja gar keiner Tormann sein.

Ich fragte mich, ob Fischer etwas für mich wäre. Von irgendwas musste ich hier ja leben. Aber wahrscheinlich musste man als Fischer sehr früh aufstehen, und da konnte ich gleich im Internat bleiben. Ich schaute einem der Verkäufer zu, wie er mit einem Gartenschlauch frisches Wasser in einen Bottich voller lebender Fische leitete. Er hatte einen schwarzen Jason-King-Bart, wodurch er fast so mürrisch dreinschaute wie die Fische. Mit seinen schwarzen Augen schaute er mich so durchdringend an, als wüsste er, dass ich hinter der Frau vom Tscho her war. Aber als er etwas zu mir sagte, wurde sein Gesicht freundlich. Es klang sehr schön, was er sagte, aber ich zuckte mit den Schultern und sagte: »I do not speak your language.« Er lachte und sagte noch einen Satz, in dem ich nur das Wort »Thessaloniki« verstand. Mir fiel auf, dass er dabei die Zunge auf die Zähne legte wie beim Problemlaut, den ich mit der Elsa so oft geübt hatte: »The Saloniki.« Ich drehte meine Handflächen nach oben und lächelte verlegen, damit er verstand, dass ich es nicht böse meinte.

»Deutsch?«, fragte er.

Ich lachte und nickte auf so eine Art, die heißen sollte: Eigentlich Österreich.

»München gut! Weiße Wurst!«, sagte der Fischhändler.

Ich war noch nie in München gewesen, obwohl es angeblich nicht besonders weit war. Hauptstadt von Bayern. Wenn ich ins Internat fuhr, gab es irgendwo im deutschen Eck einen Wegweiser. Ich winkte dem Fischhändler lässig zu und übte im Weitergehen seine Aussprache: »The Saloniki.« Da mein Vater einen starken Bartwuchs hatte, konnte ich mir vielleicht auch einmal so einen Jason-King-Bart wachsen lassen. »The Saloniki.« Aber meine Mutter würde sich dann umbringen. »The Saloniki.« Der Markt ging immer weiter, sogar nach der Kreuzung, und in den engen Gassen links und rechts, überall waren Marktstände. Nach den Fischen kamen Stände mit normalem Fleisch, aber mit Sachen, die ich noch bei keinem Metzger gesehen hatte, zum Beispiel abgeschnittene Köpfe von unterschiedlichen

Tieren. Als ich zum Gemüsemarkt kam, kaufte ich mir bei einer freundlichen Frau zwei Bananen, und sie gab mir einen Haufen Münzen und Scheine heraus.

Dass ich den Markt bei einem anderen Eingang verließ, war kein Problem. Ich musste mich nur konzentrieren. Auf dem Rückweg musste ich bis zu diesem Markteingang finden, dann durch den Gemüsemarkt, zurück zu den normalen Fleischständen, bei der Straßenkreuzung Richtung Fischmarkt, dann dort hinaus, wo ich hereingekommen war, dann zur Baustelle und dann gerade hinauf zum Aristoteles. Ich war stolz darauf, dass ich nicht meinem Impuls nachgab, blindlings zum Meer zu rennen. Vielleicht lernte ich es doch noch. Womöglich lag es überhaupt nur am Internat. Wer eingesperrt ist, braucht keinen Orientierungssinn. Erst die letzten paar Meter bin ich dann doch blindlings hinuntergerannt. Denn es ist gegen die Natur, an den Rückweg zu denken, wenn vor einem die Schiffe auftauchen.

Als ich vom Herumrennen müde wurde, setzte ich mich in den Schatten eines alten Hafengebäudes, aß meine Bananen und schaute den Schiffen zu, die sich in der Ferne so langsam bewegten, dass ich nicht gleich erkannte, ob sie auf die Kräne des Frachthafens zufuhren oder von dort kamen. Vielleicht konnte ich auf so einem Schiff anfangen. Anheuern. In der Fernsehserie *Onedin-Linie* hatte ich gesehen, wie man anheuerte. Im Heuerbüro. Pass hatte ich dabei. Und die Pistole vom Tscho würde mir Respekt verschaffen. Im Notfall. Kartoffeln schälen konnte ich, und Deck schrubben war bestimmt nicht so viel schwerer als Autowaschen und Scheibenputzen. Auf einem Schiff brauchte man auch keinen Orientierungssinn. Außer man war der Kapitän.

Dann wurde ich von dem Geschrei eines Mannes abgelenkt, der in meiner Nähe in das Telefon brüllte. Das Telefon stand direkt an der Hafenmauer. Es war keine richtige Telefonzelle, nur so ein leichter Unterschlupf mit Plastikfenster wie eine Rennverkleidung am Motorrad. Manche Mechanikerlehrlinge hatten sogar auf dem Moped eine Rennverkleidung, aber das war lächerlich, sagte der Chef. Vielleicht gab es hier keine richtigen Zellen, weil sie keinen Winter hatten. Der Mann brüllte, was das Zeug hielt. Aber er war nicht böse, er brüllte gut gelaunt. Wahrscheinlich war die Verbindung schlecht, oder er war das Telefonieren nicht gewohnt.

Als er mit langen Schritten davonstapfte, fragte ich mich, ob ich meine Mutter anrufen sollte. Ich könnte sie beruhigen, dass ich nicht tot war. Dass es mir gut ging und vor mir der Passagierhafen lag, wo ein ganzer Schwung Leute aus der Fähre kam und sogar Autos, und in der Ferne die Frachtkräne, und dass ich einen Fischmarkt gesehen habe, und ob sie sich noch an die Forelle erinnerte, die uns ein Fischer geschenkt hat. Aber wir hatten ja kein Telefon. Bei den Nachbarn konnte man schon anrufen, die holten sie ans Telefon. Aber besser nur in Notfällen. Und was war, wenn das Kleingeld nicht reichte, das mir die Marktfrau herausgegeben hatte? Womöglich holte die Nachbarin meine Mutter ans Telefon, und inzwischen brach die Verbindung ab, und dann machte sie sich erst recht Sorgen. Leichter wäre es noch gewesen, meinen Vater anzurufen. Ich hatte die Nummer vom Irrenhaus. Für Notfälle. Sogar die Vorwahl für Österreich kannte ich. Aber mein Vater wusste ja gar nicht, wo ich war, und es hätte ihn nur durcheinandergebracht. Ich überlegte mir, ob ich einfach die Zeitansage anrufen sollte. Aber als Ferngespräch wäre das eine ganz schöne Verschwendung gewesen. Ich schaute mir die griechischen Münzen genau an. Dann ging ich zur Telefonzelle, warf sie alle hinein und wählte.

»Hallo?«, hörte ich die Stimme der Elsa aus unendlicher Ferne. Mein Herz klopfte. Ich konnte es nicht glauben, dass ich sie wirklich angerufen habe. Und sie hat viel schneller abgehoben, als ich erwartet hätte. Zu schnell für mich. Ich musste mir erst einen guten Spruch überlegen.

»Hallo?«, sagte die Elsa noch einmal.

»The! Saloniki!«, rief ich laut ins Telefon, um die schlechte Verbindung zu übertönen.

Aber schon nach dem »The!« brach die Verbindung ab, ein Störsignal ertönte, und während die Münzen in den Schacht rasselten, dämmerte mir, dass ich nur bei der Vermittlung gelandet war.

# 41

Während ich die Zeiger auf meiner goldenen Omega mit der großen Uhr über dem Eingangstor des Passagierhafens verglich, machte ich eine interessante Entdeckung. Auch eine Stimme, die man nur zu hören glaubte, konnte einen umstimmen. Obwohl ich die Vermittlung nur eine Sekunde lang für die Elsa gehalten hatte, war jetzt von Hierbleiben keine Rede mehr. Im Gegenteil, ich bekam auf einmal Angst, das Aristoteles nicht mehr zu finden.

Dass die Hafenuhr zwei Stunden vorausging, wunderte mich. Das war keine große Hilfe für die Passagiere. Bahnhofsuhren gingen doch auch richtig. Aber vielleicht ist es bei den Griechen nicht so genau, überlegte ich. Man sucht die Schuld immer lieber bei wem anderen. Lang kam ich damit allerdings nicht durch. Dann gestand ich mir doch ein, dass ich die eine Stunde Zeitverschiebung in die falsche Richtung gerechnet hatte. Ich hätte die Stunde nicht abziehen, sondern dazuschlagen müssen. Vor allem hätte ich das tun sollen, was der Tscho mir gesagt hat: die Uhr vorstellen! Und nicht mich darauf verlassen, dass ich es mir schon merken würde. Obwohl es immer noch so heiß und hell war wie zu Mittag, war es schon halb sieben. Vor Schreck darüber, wie der Tscho mich zusammenscheißen würde, rannte ich los, ohne mir vorher die Richtung zu überlegen.

Dass man die Orientierung am schnellsten verliert, wenn man zu eilig aufbricht, war keine neue Erkenntnis für mich. Aber man erinnerte sich immer erst daran, wenn es zu spät war. Ich ging ungefähr hundert Kilometer, bis ich zufällig am Aristoteles vorbeikam. Von der anderen Seite hätte ich es fast nicht erkannt. Ich war mehr als eine Stunde zu spät. Und kein Tscho weit und breit. Der Scania war auch nirgends zu sehen. Da ich am Verdursten war, setzte ich mich einfach hin und bestellte ein Wasser, indem ich auf die Flasche am Nebentisch deutete.

Der Kellner brachte eine Literflasche. Nach zwei Minuten hatte ich sie komplett ausgetrunken.

»Da war einer durstig«, sagte der Tscho, als er von hinten an meinen Tisch kam. Zum Glück war er auch zu spät dran. Wahrscheinlich ist er einkaufen gewesen, denn er hatte eine große Plastiktasche dabei, die er unter dem Tisch verstaute. Der Wirt brachte ihm eine Flasche Rotwein. Und zwei Gläser. Mein Gelübde, in meinem ganzen Leben keinen Alkohol zu trinken, falls mein Vater den Entzug schaffte, war aus vielen Gründen leicht einzuhalten. In der Kalorientabelle waren sie präzise aufgelistet: Ein Viertel Rotwein 200 Gründe. Ein halber Liter Bier 220 Gründe. Schnaps jenseits von Gut und Böse.

Zum Glück vergaß der Tscho, etwas in das zweite Glas einzuschenken. Manchmal war es ein Riesenvorteil, wenn jemand schlecht erzogen war. Sein Glas trank er gleich bis zur Hälfte leer, und ich sagte lässig: »Da war einer durstig.«

Er reagierte aber nicht, sondern schaute sich ein bisschen angespannt in der Straße um. Irgendwas beschäftigte ihn, aber ich fragte natürlich nicht, was. Ich folgte seinem Blick zu der Telefonzelle vor dem Lokal. Oder besser gesagt, zu der halben Telefonzelle. Ohne Tür. Aber das Telefon war nicht der Grund, dass ich die Augen nicht mehr abwenden konnte. Weder läutete es, noch telefonierte jemand. Gut, dass ich den Wein nicht gekostet hatte, sonst hätte ich geglaubt, es kommt daher. Ich hätte geglaubt, dass ich vom ersten Schluck Alkohol in meinem Leben sofort besoffen war. Und das wäre die falsche Erklärung dafür gewesen, dass ich diese Erscheinung hatte. Mir fiel auf, dass der Tscho ebenfalls zu schielen anfing. Er muss dieselbe Erscheinung gehabt haben. Er starrte genauso entgeistert wie ich Richtung Telefonzelle. Und auch nicht, weil er einen Anruf erwartete. Sondern wegen der Person, die hinter dem Telefon über die Straße ging.

Der Tscho war mit meiner Elsa verheiratet, aber das hielt ihn nicht davon ab, diese griechische Halbgöttin anzuglotzen, die mit wehender Mähne über die Straße stöckelte. Aber gut, man konnte es vielleicht entschuldigen. Im Grunde musste man es sogar entschuldigen. Das war nicht irgendeine Halbgöttin, die so forsch auf das Aristoteles zusteuerte, als wäre sie die Schlagersängerin Leandros und die Opernsängerin Callas in einer Person.

Die Männer an den Tischen hörten auf zu spielen und verstummten mit offenen Mündern. Sogar die Autos müssen verstummt sein, denn das spitze Klacken der Stöckelschuhe war das einzige Geräusch, das man an dieser lebhaften Kreuzung noch hören konnte. Klack klack klack klack. Wenn ein Bataillon Soldaten über eine Brücke marschierte, durften sie nicht im Gleichschritt gehen, hatten wir in Physik gelernt. Sonst brachten die von ihren Tritten ausgelösten Schwingungen die Brücke zum Einsturz. Aber was der Professor uns nicht verraten hatte: Schon ein einziges Paar Stöckelschuhe konnte den Asphalt bedenklich in Schwingung versetzen. Klack klack klack klack. Nicht nur eine Brücke, auch der ebenerdige Gehsteig vor einer Bar konnte davon zum Einsturz gebracht werden. Klack klack klack klack. Alle Männer folgten mit ihren dunklen Augen der näher kommenden Ursache der Schwingungen, während sie sich an den Tischen und Gläsern und Zigaretten festhielten. Klack klack klack klack. Das ganze Aristoteles kam ins Wanken.

»Das ist die Antonia«, sagte der Tscho.

# 42

Ich hatte noch nie so eine wütende Frau gesehen. Rein von den Blicken her. Vom Geschau. Vom Augenrollen her. Geredet hat sie ja nichts. Die längste Zeit kein Wort. Ohne zu fragen, hat sie sich zu uns gesetzt, also sich auf unseren freien Sessel geschmissen. Obwohl genug andere Tische frei waren. Zuerst hergeschmissen und dann in die andere Richtung gestarrt. Demonstrativ. Als hätte man ihr was getan. Als wären wir es, die sich, ohne zu fragen, dazugesetzt haben und sie stören.

Ich war gespannt, wie es weitergehen würde. Dass die sich nicht zufällig an unseren Tisch geschmissen hat, war klar. Nicht nur, weil der Tscho ihren Namen wusste. Auch wie er sie angeschaut hat. Und wie er sofort das zweite Glas vollgeschenkt hat. Und wie er versucht hat, sie mit ein paar griechischen Brocken in eine Unterhaltung zu verwickeln. Und wie sie ihn ignoriert hat. Kein Wort und kein Blick. So fremd dasitzen kann eigentlich nur jemand, der einen ziemlich gut kennt.

Und so einreden wie auf ein krankes Pferd kann man auch nur auf wen, den man gut kennt. Aber der Tscho hat sich einen Korb nach dem anderen geholt. Eiskalt hat sie ihn abprallen lassen, als wäre der Tscho nur ein durch die Luft fliegendes Kaugummipapier und sie die Windschutzscheibe vom Scania. Jetzt hat er einmal gesehen, wie das ist. Das hab ich ihm schon ein bisschen gegönnt. Ausgerechnet der Tscho, den ich nie zum Reden gebracht habe, ist zur

Abwechslung einmal selber ignoriert worden. Jetzt war auf einmal der Tscho ich, und die Antonia war der Tscho, gesprächsmäßig. Ein bisschen hab ich es schon genossen, wie er da hingeredet hat auf ihre kalte Schulter. Obwohl man ja die Schulter gar nicht gesehen hat vor lauter Lockenpracht. So ein bettelndes Lächeln hat der Tscho auf einmal im Gesicht gehabt, wie man es sonst nur von Leuten wie mir kennt. Die Kerbe auf seiner Oberlippe war auch nicht mehr ganz so siegessicher wie sonst. Vielleicht hat er deshalb nach den Zigaretten gegriffen. Um seine Oberlippenkerbe wieder in Ordnung zu bringen.

Der Tscho hat sich zwei Karelia gleichzeitig in den Mund gesteckt und angezündet. Eine hat er der Antonia gegeben. Also zuerst hat er ihre Karelia noch umgedreht und seinen Rauch auf die Glut geblasen, damit die Zigarette schön kreisrund anbrennt und er ihr nicht eine schlecht angerauchte Zigarette gibt. Mich hat noch gewundert, dass die Antonia sie überhaupt annimmt. Dass sie nicht zu stolz ist. Aber sie war natürlich viel besser mit dem Stolz, als ich mir überhaupt vorstellen konnte. Sie hat die Zigarette genommen und, ohne ein einziges Mal zu ziehen, in aller Ruhe im Aschenbecher ausgedrückt. So eine war das. Drückt die frisch angezündete Zigarette so sorgfältig aus, als hätte der Tscho sie ihr genau für diese verantwortungsvolle Tätigkeit gegeben. Er hat seine geraucht, als wäre alles in Ordnung. Äußerlich seelenruhig geraucht. Innerlich wird es schon rundgegangen sein. Oder er hat die Antonia so gut gekannt, dass er schon wusste, jetzt wird sie langsam. Vielleicht war das seine Kalkulation: Lasse ich sie einmal ausspinnen, dann wird sie schon. Wahrscheinlich hat er gespürt, dass er sie bald so weit hat.

Dann hat die Antonia ihm seine eigene Zigarette abgenommen und die geraucht. Also nicht nur einmal gezogen und zurückgegeben, sondern fertig geraucht. Und uns hat sie weiterhin ignoriert, als wären wir weniger als der Rauch, den sie fast senkrecht in die Luft geblasen hat, nur um keinen anschauen zu müssen. Das war aber schon ein bisschen übertrieben. Da hab ich dann auch gewusst, dass wir sie bald so weit haben. Und dann ist es losgegangen.

Der Tscho hat mehr griechische Wörter gewusst, als ich für möglich gehalten hätte. Nicht nur »ένα, δυο, τρία«. Sondern richtige Gesprächsbrocken. Noch mehr hat mich gewundert, dass die Antonia ein bisschen Deutsch gesprochen hat. Da hab ich mir gedacht, vielleicht Gastarbeiterkind. Und beide konnten sehr viel mit Händen und Füßen. Besonders die Antonia. Besonders mit den Händen. Mit diesen Händen, die wirklich wahnsinnig schön waren. Das geht jetzt nicht gegen die Elsa. Bei der Elsa hat man gar nicht so speziell über die Hände nachgedacht. Bei der Elsa war immer das Gesamte im Vordergrund. Aber so schöne Hände wie die, mit denen die Antonia am Reden und Argumentieren war, hatte ich überhaupt noch nie gesehen. Nicht einmal im Fernsehen. Und so wütende Augen. Gut, dass es keine Ehrenbeleidigungsprozesse für Dreinschauen gab, sonst hätte sie sauber gezahlt. Natürlich nur, wenn der Tscho sie angezeigt hätte.

Aber sie war es nicht, die gezahlt hat. Im Gegenteil. Er hat gezahlt. Ein dickes Kuvert voller Geldscheine hat er ihr gegeben. Aber das war erst am Schluss, wo sie nicht mehr gestritten haben. Wo sie schon gemeinsam zwei Karelia geraucht haben. Wo sie schon geweint haben. Nachdem die Antonia in die riesige Plastiktasche vom Tscho geschaut und die Sachen herausgenommen hat. Aber sie hat nicht geweint, weil die Jacke, die sie begutachtet hat, zu klein für sie war. Für die Antonia wäre die ja viel zu klein gewesen. Mir kam vor, dass ich überhaupt noch nie so eine kleine Jacke gesehen habe. Und die Schuhe waren auch viel zu klein. Und das Kleid auch. Wie für einen Menschen, der nur einen halben Meter groß war. Bestenfalls 70 Zentimeter, habe ich geschätzt. Minus zehn Prozent: 6,3 Kilo Idealgewicht. Aber ich war nicht sicher, ob das mit den zehn Prozent für Kinder auch galt. An diesen Überlegungen hab ich mich festgehalten wie vorher die griechischen Männer an ihren Tischen und Gläsern. Minus zehn Prozent, hab ich überlegt, aber mir ist nichts Gutes mehr eingefallen, wo ich sie wegrechnen konnte. Minus zehn Prozent! Es ist mir fast zu viel geworden, dass die Antonia auf einmal geweint hat, wo sie gerade noch herumgesponnen hat. Und er auch! Der Tscho hat jetzt auch geweint. Und ich auch ein bisschen. Innerlich.

# 43

Auf der Rückfahrt war der Tscho sehr schweigsam. Natürlich nicht schweigsamer als sonst. Das wäre rein logisch unmöglich gewesen. Den schlimmsten Schreianfall der Weltgeschichte bekam unser Mathematiklehrer, als einer rechnete: Drei mal null ist drei. Da dem Schreihals bei einem Finger das vorderste Glied fehlte, spekulierten wir, dass er beides im Krieg verloren hatte: Fingerglied und Geduld. »Drei mal nichts!«, brüllte er, dass die Wände wackelten. »Ist nichts!« Logisch betrachtet hatte er ja recht. Andererseits erlebte ich es gerade. Nichts redete der Tscho meistens. Aber jetzt redete er drei mal nichts.

Vielleicht lebte das Schweigen von dem, was man verschwieg. Und von dem, was man tat, während man schwieg. Schnaufen und denken und so. Schalten und blinken. Schlucken und Nase bohren. Rauchen und Kaugummi kauen. Und wie man die Sachen aus dem Autofenster schmiss. Lässig oder nur irgendwie oder womöglich gar nicht. Oder man gähnte vor sich hin, aber vergaß den Lustschrei. Oder stellte sogar das automatische Grüßen entgegenkommender Lastwagenfahrer ein. Dabei hatte ich schon den Verdacht gehabt, dass die Finger der Fernfahrer sich von selbst hoben, wenn ein Kollege entgegenkam. Außer es war ein heruntergekommener bulgarischer Laster. Den grüßte man natürlich nicht.

Wenigstens fuhr er zu einer Tankstelle und wartete wortlos darauf, dass ich meine Arbeit machte. Bei der altmodischen Zapfsäule war ich schon froh, dass man den Diesel nicht eigenhändig hochpumpen musste. Shop hatten sie auch keinen. Wie der Tankwart endlich dahergekommen ist, war der Scania schon halb voll. Gepasst hat es ihm trotzdem nicht, dass ich seine Arbeit machte. Das hab ich ihm genau angesehen. Aber als er mich die Scheibe putzen sah, war er lieber still.

Wir hatten die bulgarische Grenze schon hinter uns, als der Tscho sagte: »Das war die Antonia.«

Damit hat er das Schweigen aber nicht gebrochen. Bestenfalls ist er vom dreifachen auf ein doppeltes Schweigen heruntergegangen.

Ich nickte nur auf die Art, wo man den Kopf vorher hob und danach zurücksinken ließ. Umgekehrtes Nicken. Gesagt habe ich kein Wort.

»Das darfst du meiner Frau aber nicht erzählen.«

»Jaja.«

Ich wunderte mich über meinen vorwurfsvollen Tonfall. Statt froh darüber zu sein, etwas gegen den Tscho in der Hand zu haben, steigerte ich mich derart in meine Loyalität mit der Elsa hinein, dass ich mich selbst in der Position des Gehörnten fühlte, weil er sie betrogen hat.

Und im nächsten Moment hatte ich einen Rückfall. Zum ersten Mal, seit ich mit »Schlank mit Wir« angefangen hatte, konnte ich eine Situation nur bewältigen, indem ich etwas aß. Hektisch kramte ich einen Apfel aus meinem Rucksack und ließ ihn in rasender Geschwindigkeit durch meine Zähne wirbeln. Die Art, wie ich den Apfelbutzen in die bulgarische Landschaft feuerte, sprach eine klare Sprache: Ein Antonia-Gespräch hatte für mich keinerlei Bedeutung und brauchte auch nicht fortgesetzt zu werden.

Damit war das Thema erledigt. Zum Abendessen hat der

Tscho in Niš 1000 Kalorien in Form von fünf Bier zu sich genommen und meine Pommes frites nicht einmal angerührt. Ich auch nicht. Kein einziges. Ich hab nur einen kleinen Spieß gegessen, obwohl ich den zweiten auf dem Teller noch leicht gemocht hätte.

Beim Frühstück hat er wieder halbwegs normal gewirkt. Nicht geredet, aber normal nicht geredet. Erst hinter Zagreb hat er gesagt: »Brauchst dir nichts denken. Das ist eine alte Geschichte. Das hat mit der Elsa nichts zu tun.«

»Sicher.«

»Ich könnte es ihr sogar sagen«, hat er behauptet. »Die Elsa ist da nicht so. Alte Geschichten sind ihr egal. Außerdem hat sie auch genug andere gehabt.«

Während er diese Verleumdung aussprach, hob er die Finger der linken Hand, ohne die Hand ganz vom Lenkrad zu nehmen. Der Fahrer des entgegenkommenden Lastwagens grüßte auf dieselbe Weise.

»Was für eine Spedition war das?«, fragte ich, in der Hoffnung, ihn damit vom Thema abzubringen.

»Wegen der Frau, das würde sie schon verkraften«, sagte der Tscho. »Da kann man so reden, als wäre es länger her. Aber das Mädchen. Das verrät mich. Vom Alter her.«

»Dass der die Maschine überhaupt halten kann«, lachte ich übertrieben, als wir ein dürres, turbantragendes Männlein überholten, das mit dem Motorrad fast so langsam unterwegs war wie die Eselskarren am Straßenrand.

»Da wäre die Elsa schon böse. Wegen der Tochter. Da kann sie es sich ja ausrechnen. Vom Alter her.«

»Sicher.«

»Was willst du machen«, sagte der Tscho, aber nicht als Frage, sondern wie immer im Leben hieß »Was willst du machen«, dass man nichts machen kann.

»Und die Antonia ist auch böse auf mich, das hast du ja gesehen. Jedes Mal macht sie ein Theater, und ich muss diskutieren, damit ich meine Tochter überhaupt sehen darf. Aber das Geld nimmt sie schon.«

»Gesehen hast sie ja gar nicht.«

Der Tscho schaute mich von der Seite an. »Sicher. Vorher bei ihrer Mutter. Die ist nicht so.«

Ich bekam einen derartigen Hunger, dass ich nahe daran war, noch etwas zu essen.

»Ich kann sie ja verstehen«, sagte der Tscho. »Ich wäre auch gern bei ihr. Aber ich kann mich nicht zweiteilen.«

Im Rückspiegel sah ich, wie ein vermummter Eseltreiber uns die Faust nachschüttelte. Das kam immer wieder vor, wenn die Straße zu schmal war, um genug Abstand zu halten. Oder sie waren einfach wütend, dass ein fremder Lastwagen sie so viel Staub schlucken ließ.

»Ich wollte sie nur noch einmal sehen«, sagte der Tscho in meinen nagenden Hunger hinein.

Ich hörte mich zornig sagen: »Wieso sagst du andauernd, du wolltest irgendwas noch einmal sehen? Das Meer wolltest du noch einmal sehen, die gefüllten Paprika wolltest du noch einmal essen, die Antonia wolltest du noch einmal sehen. Du klingst, als wärst du achtzig.«

Zorn und Hunger waren bei mir immer ein und dieselbe Sache. Aber der Tscho ließ sich nicht anstecken und sagte ganz ruhig: »Ich bin achtzig.«

»Sehr lustig.«

»Ja, kannst mir ruhig glauben. Von hinten her gerechnet bin ich achtzig. Oder neunzig. Wie du willst.«

»Was heißt, von hinten her gerechnet?«

»Man rechnet immer von der Geburt her«, redete der Tscho auf einmal, als wäre er der neueste Zimmerkollege von meinem Vater. »Man könnte aber auch vom Grab her rechnen.«

»Aha, und da bist du achtzig«, sagte ich. »Sehr optimistisch. Du glaubst, du lebst noch achtzig Jahre? Dann würdest du über hundert! Achtzig Jahre, so lang leb vielleicht ich noch!«

»Du schon«, sagte der Tscho. »Aber ich hab nicht mehr länger zu leben als wie ein Achtzigjähriger. Oder ein Neunzigjähriger. Ich hab nämlich Greps.«

»Was?«

»Greps. Ich weiß es selber erst seit zwei Wochen.«

So wie er es sagte, erinnerte mich das Wort an etwas. Greps. Es war weniger ein Wort, mehr ein Geräusch. Greps. Dann fiel mir ein, welches Geräusch es war. Es klang so kurz und tonlos wie das erste widerliche Röcheln, das mich mitten in der Nacht aus dem Schlaf riss, noch bevor die Feuerwehrsirene auf unserem Dach überhaupt losging.

»Aber das darfst du der Elsa auf keinen Fall sagen«, sagte der Tscho. »Sonst macht sie sich nur Sorgen. Dann geht's wieder los mit dem ganzen Quaquaqua.«

Greps. Ich wartete immer noch mit angespannten Muskeln darauf, dass endlich direkt über meinem Kopf die Sirene losging.

# 44

Ein Apfel hat ungefähr 50 Kalorien. Kann auch 80 haben, je nach Größe. Aber sagen wir, es ist ein kleiner, säuerlicher Apfel, dann hat er 50 Kalorien. Eine Banane hat fast doppelt so viel. Eine normale Banane hat 90 Kalorien. Vielleicht sogar 120, wenn sie ein bisschen größer ist. Trotzdem ist eine Banane besser als jeder Apfel, weil sie einen satt macht. Die Banane macht mich vielleicht dreimal so satt wie der Apfel, dann hab ich mehr gekriegt für meine Kalorie. Umgekehrt müsste ich drei Äpfel essen, um so satt zu werden wie von einer Banane, dann hätte ich 150 Kalorien statt 90 bei der mittelgroßen Banane. Das muss man alles mitbedenken. Salat ist sinnlos. Endiviensalat hat nur 26 Kalorien auf 100 Gramm. Ein Kilo Salat nur 260 Kalorien. Macht aber nicht satt. Man muss natürlich das Öl weglassen. Salz auch möglichst wenig. Wenn man zu viel Salz isst, staut sich das Wasser im Körper. Dann zeigt dir die Waage, dass du nicht abgenommen hast, obwohl du abgenommen hast. Man resigniert zu früh, obwohl man eigentlich schon abgenommen hat, und gibt auf. Wegen dem Wasser. Umgekehrt muss man beim Abnehmen auch genug Salz zu sich nehmen, weil man sonst Salzmangel kriegt vom Abnehmen. Eine Gurke hat nur 20 Kalorien. Natürlich auch je nach Größe, aber bei 20 Kalorien ist das schon fast egal. Aber egal ist es nie! 100 Gramm Gurke 12 Kalorien, 200 Gramm 24 Kalorien. Macht aber auch nicht satt. Ein Kilo Kartoffeln hat 800 Kalorien. Da könnte man sieben Kilo Gurken essen.

Aber ein Kilo Kartoffeln macht satt, da kommt man ja fast durch den Tag, ein halbes Kilo zu Mittag, ein halbes am Abend. Ohne Salz natürlich, oder sehr wenig Salz, und ohne Butter, und auf keinen Fall braten. Da kann man gleich Pommes frites essen. Pommes frites: eine Million Kalorien. Wahnsinn! Wegen dem Fett.

»Und?«, fragte der Tscho.

»Was?«

»Was sagst jetzt?«

»Ist es heilbar?«

»Ist es heilbar, sagt er.«

Ich nahm einen Wegwerfbecher aus dem Türfach und drückte darauf herum. Wenn man richtig drückte, knackte es, ohne dass er kaputtging. Als er kaputt war, warf ich ihn aus dem Fenster.

»Was sagst zur Antonia?«, fragte der Tscho.

»Zur Antonia?«

»Ist schon ein Rasseweib, ha?«

»Sicher.«

»Wie alt, glaubst, ist die?«

»Keine Ahnung.«

»Keine Ahnung, sagt er. Rate!«

»Zwanzig?«

»Sechsundzwanzig!«

»Sag schon, ob es heilbar ist.«

»Heilbar! Heilbar! Für euch Pfarrer kommt das doch eh auf dasselbe hinaus. Wenn es drüben flotter weitergeht als wie herüben.«

»Ich bin kein Pfarrer.«

»Aber du wirst einer.«

»Wie oft soll ich dir noch sagen, dass ich kein Pfarrer werde?«

»Was wirst dann? Arzt?«

»Nein.«

»Damit du Leute aufschneiden kannst?«

»Ich werde nicht Arzt.«

»Die Ärzte haben schon mehr Leute umgebracht als wie jede Krankheit.«

»Gegegegeh!«

»Ja, nicht gegegegeh! Das ist so.«

»Die stellen dich wieder auf die Füße. Wirst sehen.«

»Wenn du das sagst.«

»Dann bist wieder wie neu. Das ist wie mit dem R5.«

»Das ist ganz was anderes.«

»Glaubst, dass du so viel was Besseres bist als ein R5?«

»Tss!«

»Man darf einen Blechschaden nicht mit einem Totalschaden verwechseln. Hast selber gesagt! Wann ist die Operation?«

Er gab mir keine Antwort. Auch als ich ihn ein zweites Mal fragte, ignorierte er mich einfach. Nicht einmal, als er endlich anhielt und wir uns zu unseren Reifen stellten, wo er doch normalerweise zur Gesprächigkeit neigte, schrie er den Operationstermin herüber.

Dann fuhren wir ein paar hundert Kilometer schweigend dahin. Das ist das Schöne am Autofahren. Nie kann man so gut neben wem sitzen und nichts reden. Nur schauen, wie die ewig gleichen Fahrzeuge entgegenkommen oder vor einem herfahren. Es war auch nicht so, dass ich über etwas nachdachte. Wenn ein Gedanke sich regen wollte, hat das vibrierende Motorgeräusch ihn eingesponnen und elegant fortgetragen. Als wäre es kein Dieselklopfen gewesen, sondern eine Waschmaschine, die einen so lange berieselte, bis sich alles klärte und von selbst verstand. Dass der Tscho mich nicht zum Dolmetschen mitgenommen hat, sondern weil er noch einmal alles aus meinen Augen heraus sehen wollte. Bevor er sich eine Kugel in den Kopf schoss. Über solche Dinge denkt man nicht gern nach, aber man kann sie beim Geradeausschauen so lange durch sich hindurchreisen lassen, bis sie erträglich werden.

Erst knapp vor der Grenze erwachte ich aus diesem Zustand und rief: »Du bist falsch abgebogen!«

»Wieso?«

»Rechts ist gestanden Grenze Österreich.«

»Ja und? Hast es eilig?«

# 45

Ohne Ladung sind wir problemlos über die italienische Grenze gekommen. Er wollte mir unbedingt noch etwas in Triest zeigen. Wo es die besten Spaghetti gab. Von dem Tisch der Trattoria Rosa sah man schön zum Wasser hinüber. Aber es gab nichts auf der Welt, was mich weniger interessiert hätte. Seit mir klar war, was der Tscho vorhatte, konnte ich an nichts anderes mehr denken.

»Wann ist dein Operationstermin?«

»Es gibt keinen Termin.«

»Was heißt, es gibt keinen Termin?«

»Ein Termin ist nur ein Termin, wenn man hingeht.«

Für mich war es ein großer Vorteil, dass man die Spaghetti mit der Gabel ewig drehen konnte. Das beruhigte mich. So konnte ich in aller Ruhe wickeln und nachdenken und wickeln und so tun, als wäre es ganz ein normales Gespräch.

»Und du willst nicht hingehen, oder was?«

»Richtig erkannt, junger Mann.«

»Wieso nicht?«

»Ich lass mir da nichts wegschneiden.«

Ich wickelte eine ideale Menge Spaghetti auf die Gabel, aß sie aber nicht, sondern wickelte sie wieder ab. Vielleicht spornte es das Hirn an, dass die Nudeln wie die Ganglien aussahen, die im Biologiebuch abgebildet waren. Erst nach dem übernächsten Aufwickeln konnte ich nicht mehr widerstehen. Und weil der Tscho mir eingeschenkt hatte, griff ich auch nach dem Rotweinglas. Jetzt war es schon egal. Es war der erste Schluck Alkohol in meinem Leben. Und beim zweiten Schluck schmeckte der Wein schon weniger widerlich. Das lag aber an den Spaghetti. Die waren so gut, dass es mir schwerfiel, sie nicht wie ein Staubsauger vom Teller zu saugen. Die Tomatensauce war aus richtigen Tomaten. So etwas hatte ich überhaupt noch nie gegessen. Aber dass man den Parmesan selber reiben musste, fand ich hinterwäldlerisch.

Es war aber nicht nur das Spaghettiwickeln, das meine Ganglien auf Touren brachte. Auch der Wein gab mir Ideen ein. Zum Beispiel, dass es immer gut ist, noch einmal dasselbe zu sagen: »Was heißt, es gibt keinen Termin?«

Der Tscho schmatzte: »Es gibt keinen Termin, heißt: Es gibt keinen Termin.«

»Aber es gibt ja einen Termin.«

»Einen Termin gibt's schon. Aber keinen Tscho«, sagte der Tscho.

»Aber du kannst ja einmal hingehen.«

»Entweder gesund oder tot! Dazwischen brauch ich nichts.«

Er zog einen Zettel heraus und schob ihn mir hin. Zuerst dachte ich schon, es ist der Zettel mit dem Termin.

»Schau, das ist die Adresse von der Antonia. Und das ist ein Foto von der Kleinen. Xenia. Und Geburtsdatum. Verlier das nicht! Wenn du einmal Pfarrer bist, kannst dich erkundigen, ob es ihr gut geht. Und dass sie eine Schule macht und so. Du bist der Einzige, dem ich das erzählen kann.«

Das Gute am Wein war, dass er mir half, ruhig zu bleiben. Vorsichtshalber schenkte ich mir noch einmal nach. Dann steckte ich den Zettel und das Foto ein und sagte: »Ich werde kein Pfarrer.«

»Verlier es nicht!«, schiss der Tscho mich zusammen.

»Aber du musst auch an die Elsa denken«, sagte ich.

»An die denk ich ja. Damit sie es nicht erfährt.«

»Wegen der Operation, hab ich gemeint.«

»Was soll die Elsa mit einem halben Mann, ha? Die ist besser dran mit einem Gesunden als wie mit mir. In einem Jahr hat sie einen neuen. Wetten?«

»Was heißt, wetten? Wem soll ich denn das Geld geben, wenn du nicht mehr lebst?«

»Was für ein Geld?«

»Deinen Gewinn.«

»Gibst es der Xenia.«

Ohne zu überlegen, schrie ich zornig: »Der Neue, den die Elsa dann hat – weißt du, wie der heißen wird?«

»Wie?«, fragte er misstrauisch.

»Der wird Tscho heißen«, sagte ich extra leise, weil sie schon von den Nachbartischen herüberschauten. Ich wollte nicht, dass die Italiener dachten, ich vertrage keinen Rotwein. Leise, aber mit Nachdruck erklärte ich ihm: »Weil du nämlich wie neu sein wirst nach der Operation.«

Er stieß höhnisch die Luft aus, ungefähr so, wie wenn man das Druckluftmessgerät schief vom Ventil zieht und versehentlich gleich wieder ein Zehntelbar auslässt.

»Wann ist der Termin?«

»Für den ist es jetzt zu spät«, sagte er triumphierend. »In ein paar Stunden wäre er schon. Morgen in aller Früh.«

»Aber wenn wir gleich losfahren und die ganze Nacht durchfahren?«

»Wir fahren aber nicht.«

Ich rieb mir noch einmal Parmesan über die Spaghetti und aß wortlos meine ganze Portion auf. Es muss sehr schnell gegangen sein, denn auf einmal war der Teller leer. Das Glas war auch leer. Dann tunkte ich auch noch mit dem

Weißbrot die Tomatensauce auf. Und erst als auch das letzte Stück Weißbrot weg war, wurde mir bewusst, was ich getan hatte, und bekam einen Anfall.

»Wegen dir hab ich jetzt die ganzen Spaghetti aufgegessen!«, schrie ich den Tscho an. Ich war außer mir und begann vor Wut fast zu weinen. »Und das Weißbrot! Und die Sauce!«

Bei »Sauce« ist ein bisschen Spucke über den Tisch geflogen, und der Tscho hat blöd gelacht.

»Den ganzen Sommer hab ich gefastet wie ein Blöder, damit ich abnehme! Und jetzt esse ich die ganzen Spaghetti auf wegen dir!«

»Wirst nicht gleich sterben.«

»Du wirst auch nicht gleich sterben!«

»Doch, ich schon«, grinste er, als wäre es das Lässigste auf der Welt, dass er sterben wird und ich nicht.

»Zuerst lässt dich einmal operieren. Dann kannst immer noch verrecken. Und dann reden wir weiter.«

»Dein ganzes Gesicht ist voll Tomatensauce«, grinste er.

»Ich weiß genau, dass du dich erschießen willst, du feiger Hund!«

Dann musste ich mich übergeben. Ich machte mich noch auf den Weg Richtung WC, schaffte es aber nur bis vor die Eingangstür. Entweder waren es die Spaghetti, oder es war der Wein, oder es war der Greps.

Der Tscho schüttelte den Kopf und musste lachen.

Nachdem ich mir am Klo das Gesicht gewaschen hatte, entschuldigte ich mich bei dem Gehilfen, der mir in der Tür mit dem Putzkübel entgegenkam. Draußen empfing mich der Tscho mit einem spöttischen Grinsen. Ich bat ihn, mir den Scaniaschlüssel zu geben.

»Fährst jetzt selber heim, oder was?«

»Ich brauch meine Zahnbürste.«

Er gab mir kopfschüttelnd den Schlüssel. Ich holte meinen Rucksack heraus und ging damit über die vierspurige Straße zur Hafenmauer. Auf der dunklen Mole ging ich vorsichtig ganz hinaus. Ich hatte Angst vor dem Hineinfallen, denn ganz nüchtern war ich noch nicht. Aber ich schaffte es doch, nur die Pistole ins Wasser fallen zu lassen.

Dann setzte ich mich in den Scania und wartete, bis der Tscho kam.

»Was hast du da draußen gemacht?«

»Deine Pistole weggeschmissen.«

»Du bist ein schöner Spinner«, sagte er und startete den Motor.

Ich freute mich, dass er nicht Depp gesagt hat.

# 46

Der Tscho hatte doppelt so viel getrunken wie ich, aber seiner Fahrweise war nichts anzumerken.

»Da vorn ist schon die Grenze«, sagte er, kurbelte das Fenster hinunter und steckte sich einen neuen Kaugummi in den Mund. »Mach dein Fenster auch auf. Wir stinken nach Wein.«

Der Italiener hat uns keine Probleme gemacht, aber der Österreicher war schlecht aufgelegt. Er war angefressen, dass er noch knapp vor Sendeschluss beim Fernsehen unterbrochen wurde.

»Wenn du nicht einmal plombiert bist, müssen wir genauer nachschauen. Das macht der Kollege morgen in der Früh.«

Ich konnte förmlich spüren, wie sehr der Kärntner den Tscho aufgeregt hat. Weniger wegen dem Todesurteil, das die verpasste Operation bedeuten konnte, mehr wegen dem Dialekt. Umgekehrt war der Tscho dem Zöllner egal. Der hat uns einfach stehengelassen und sich wieder seinem kleinen Schwarzweißfernseher zugewandt.

Der Tscho wollte gleich aufgeben und hat sich schon dem Ausgang zugewandt. Höhere Gewalt – diese Ausrede war ihm nur recht. Es blieb mir nichts anderes übrig, als dem Zöllner die Sache mit dem Operationstermin zu erzählen.

Ohne seinen Blick vom Fernseher zu wenden, antwortete der Zöllner: »Und dafür hast du sihalich eine Bestätigung vom Spital.«

»Sihalich«, äffte der Tscho den Dialekt des Zöllners nach, ohne eine Miene zu verziehen.

Aber natürlich hatte er keine Bestätigung dabei. Überhaupt keine Papiere vom Krankenhaus. Schließlich hatte er vorgehabt, nicht hinzufahren. Aber den Plan mit der Pistole konnte man hier nicht gut erzählen.

Ich bettelte den Zöllner, wegen der schweren Krankheit eine Ausnahme zu machen. Aber das Problem war, dass er uns die ganze Geschichte nicht glaubte: »Schlaft euch lieber einmal aus, bevor ihr noch in eine Alkoholkontrolle kommt. Zwischen Villach und Spittal kontrollieren sie gerade. Morgen ist auch noch ein Tag.«

»Morgen ist es zu spät«, sagte der Tscho fast erleichtert und trat den Rückzug an.

Zum Glück war der Film im Fernseher jetzt zu Ende, wie ich an dem weißen Schriftzug »fin« erkannte, der auf dem Bildschirm zitterte, und es ging auf den Sendeschluss mit der Bundeshymne zu.

»Könnte man nicht sagen: Medizinischer Nottransport?«, schaltete ich mich wieder ein.

Der Zöllner schüttelte den Kopf. »Wenn ihr wenigstens eine Bestätigung hättet und nicht nach Wein stinken würdet, dann vielleicht.«

»Dürfen wir anrufen im Krankenhaus?«, fragte ich. »Wenn das Krankenhaus es bestätigt, könnte das nicht auch gelten?«

»Um Mitternacht?«

Der Zöllner war sehr damit beschäftigt, die zur Bundeshymne flatternde Fahne zu beobachten, aber sonst nicht mehr so unfreundlich.

»Im Krankenhaus ist doch immer jemand«, behauptete ich.

»Komm, lass ihn«, sagte der Tscho.

»Weißt du die Nummer?«, fragte der Zöllner mich.

Ich wusste sie nicht. Der Tscho wusste sie, sagte aber nur: »Ich ruf da jetzt nicht an.«

Der Zöllner schob mir das Telefon hin.

»Muss man an der Grenze die Vorwahl für Österreich wählen?«, fragte ich. »Oder geht es aus dem Niemandsland in beide Richtungen?«

Der Tscho und der Zöllner wechselten einen Blick über meine blöde Frage, dann sagte der Tscho mir die Nummer an.

Gemeldet hat sich sofort jemand im Krankenhaus. Und zur Nachtschwester auf der Station hat der Portier mich auch schnell durchgestellt. Aber sie war nicht gut aufgelegt, und es gab ein ziemliches Hin und Her, bis sie mir endlich glaubte. Schließlich übergab ich den Telefonhörer an den Zöllner, damit sie ihm den Operationstermin bestätigen konnte.

Als er auflegte, lachte der Zöllner den Tscho an: »Jetzt hat die Bissgurn mich zusammengeschissen für den Fall, dass du morgen zu spät kommst.«

»So sind sie«, sagte der Tscho.

Dann hat der Zöllner nicht einmal mehr einen Blick in den Laderaum geworfen. Wir sind in den Scania gestiegen, und er hat den Schlagbaum hochgezogen. Als wir an ihm vorbeigefahren sind, hat er sogar noch mit einer Mischung aus Winken und Salutieren gegrüßt, was so viel geheißen hat wie: Alles Gute bei der Operation und lasst euch nicht erwischen zwischen Villach und Spittal.

Ich freute mich gerade auf die anerkennenden Worte, wie elegant ich das gelöst habe mit dem Anruf, als der Tscho sagte: »Der Schein hat doch geholfen.«

»Was für ein Schein?«

»Der Hunderter, den ich zu den Fahrzeugpapieren dazugelegt hab.«

»Was? Und jetzt ist der Schein nicht mehr drinnen?«

Der Tscho lachte spöttisch: »Da wundert sich der Herr Professor.«

»Und wenn dich ein Zöllner wegen so was einmal anzeigt?«

»Wieso? Dann hab ich den Hunderter nur versehentlich vergessen in meiner Schutzhülle. Oder das ist unterwegs gleichzeitig meine Geldtasche. Dann steht er schlecht da, dass er ihn herausgenommen hat.«

»Nicht blöd.«

»Aber das hilft auch nicht immer«, sagte der Tscho.

Und das war das Lob für mich. Ein verstecktes Lob. So wie das Fleisch im gefüllten Paprika versteckt ist. Und es schmeckte besser als Spaghetti und Pizza und Ražnjići und gefüllter Paprika zusammen.

»Mit Sicherheit grenzender – wie geht das?«, fragte der Tscho.

»Mit an Sicherheit grenzender Wahrscheinlichkeit.«

»Das ist gut. Mit an Sicherheit grenzender Wahrscheinlichkeit verschlaf ich den Operationstermin auf dem Parkplatz in Triest«, wunderte er sich, »und jetzt bin ich doch auf dem Weg.«

»Wie lang brauchen wir noch?«

»Fünf Stunden werdens schon sein.«

»Und wann musst dort sein?«

»Um sieben.«

»Da kommen wir ja zu früh«, sagte ich nach einem Kontrollblick auf meine Uhr. Jetzt war es doch gut, dass ich sie in Thessaloniki nicht verstellt hatte.

Nach ein paar Kilometern legte sich unsere Aufregung. Autos waren auch keine mehr unterwegs, und sogar das Dieselbrummen schien leiser zu werden.

»Du darfst nicht einschlafen«, sagte der Tscho.

»Ich schlaf schon nicht ein.«

»Du schläfst schon die längste Zeit!«

Und wirklich war es plötzlich fast eine Stunde später.

»Wenn du schläfst, schlafe ich auch ein. Ich hab schon zwei Nächte nicht geschlafen.«

»Wieso?«

»Wieso, wieso! Noch blöder kannst nicht fragen?«

»Ich frag nur, damit ich dich wach halte.«

»Tss! Wieso hast du das eigentlich gewusst?«

»Was?«

»Das, was du in Triest gesagt hast. Mit dem Erschießen. Woher hast du das gewusst, dass ich mich erschießen wollte?«

»Du bist der Typ.«

»Ah, der Typ wäre ich.«

»Für wie blöd hältst du mich? Kaufst dir ausgerechnet jetzt eine Pistole! Vor wem willst du dich denn schützen? Vor dem Totengräber?«

»Vor dem Totengräber«, lachte er so verächtlich wie möglich. Dann war er ein paar Dörfer lang still, aber ich spürte, dass es in ihm arbeitete.

In dem Moment, wo ich wieder fast eingeschlafen wäre, hörte ich ihn sagen: »Du wirst einmal ein guter Pfarrer.«

# 47

Am Morgen hat er den Scania ein paar Kilometer vom Krankenhaus entfernt auf dem Lkw-Parkplatz abgestellt und mir den Schlüssel gegeben. Ich musste zwei Tage warten, bevor ich mit dem Postautobus heimfahren konnte. Erst dann durfte ich die Elsa verständigen. Nach der Operation. Damit sie sich keine unnötigen Sorgen gemacht hat, falls es gut ausgegangen ist. Und für »schlecht ausgegangen« ist es immer früh genug.

»Jetzt hast die Kabine für dich allein! Mach keinen Blödsinn!«

»Tss!«, sagte ich lässig.

Er gab mir 500 Schilling für meinen Verdienstausfall auf der Tankstelle und überhörte meinen Einwand, dass ich ja gar nichts für ihn gedolmetscht habe.

»Schlaf dich einmal ordentlich aus, dann ist der Tag schon halb vorbei. Und am nächsten Tag rufst erst im Krankenhaus an. Da vorn in dem Taxlerlokal ist eine Telefonzelle. Hast das verstanden?«

»Sicher. Morgen soll ich gleich anrufen.«

»Du bist ganz ein Schlauer, ha?«

»Wieso operieren sie dich nicht gleich?«

»Bis die einen einmal operieren, ist man dreimal tot.«

Für ihn waren die Operationsvorbereitungen eine Art Zollschikane.

Wir machten uns auf den Weg zum Taxistand am Ende des Lastwagenparkplatzes. Der Tscho versuchte furchtlos zu klingen, als er mir erklärte, dass er im Krankenhaus mich als Kontaktperson angeben wird, damit sie nicht bei der Elsa anrufen. Im Notfall.

»Ich werde ihnen sagen, du bist mein Schwager.«

Mit dem Wirt vom Taxlerlokal hat er schon geredet, dass er mich verständigt, falls in den nächsten Tagen ein Anruf kommt.

»Der ist zwar ein bisschen blöd«, sagte er, »aber –«

»Aber sie werden eh nicht anrufen«, sagte ich. »Weil kein Notfall sein wird.«

»Ach so? Da hast du den Draht nach oben, oder?«

»Sicher.«

Ich fühlte mich ein bisschen geschmeichelt davon, dass er mich als seinen Schwager bezeichnen wollte.

»Nicht einmal einen Pyjama hab ich mit«, ist ihm noch eingefallen, als wir schon fast beim Taxi waren.

»Den kriegst im Krankenhaus.«

»Ein Hemd ohne Taschen krieg ich.«

Er hat mich so angeschaut, als wäre er neugierig, ob mir darauf noch eine gute Antwort einfällt. Aber ich habe absichtlich nichts gesagt. Bevor er ins Taxi eingestiegen ist, hat er noch eine geraucht, aber nur bis zur Hälfte, dann hat er die Zigarette ausgetreten.

»Also dann! Halt mir die Daumen«, sagte er und öffnete die Taxitür.

»Um wie viel haben wir eigentlich gewettet?«, fragte ich.

Aber er schmiss die Tür zu, und erst als das Taxi losfuhr, hat er noch einmal kurz hergeschaut und die Hand gehoben. Ich fühlte mich ein bisschen bewusstlos und stand noch eine Weile in der Gegend herum, bis meine Beine einen Spaziergang mit mir machten.

Obwohl mir die Lastwagengegend gut gefiel, muss ich

ziemlich lang weitergegangen sein, weil ich auf einmal beim Irrenhaus ankam. Von hinten hätte ich es fast nicht erkannt. Aber als die Fußgängerampel klingelte, fiel mir ein, dass das Irrenhaus neben dem Blindenheim stand. Ich musste nur noch über die Straße gehen, um bei meinem Vater vorbeizuschauen.

Ich schloss die Augen und wartete auf das Klingeln, traute mich dann aber doch nicht über die Straße, ohne die Augen aufzumachen.

# 48

Mein Vater freute sich, dass ich ihn besuchte. Vom dauernden Sitzen in der Sonne war er dunkelbraun. Wir setzten uns vor den Kiosk und bestellten zwei Mineralwasser. Wenn eine hübsche Krankenschwester vorbeiflatterte, rief er ihr etwas Freundliches zu. Fragte die Schwester »Wie geht es Ihnen, Herr Haas?«, antwortete er: »Wenn ich Sie sehe, immer gut, Schwester.« Kam ein Arzt vorbei, rief er: »Das Mineralwasser ist köstlich, Herr Doktor. Aber man kriegt Bauchläuse davon.«

»Ach so, Bauchläuse?«, lachten die Ärzte im Vorbeirennen, als würden sie es zum ersten Mal hören. »Gegen die finden wir auch noch was.«

Ich fragte mich, ob ich meinem Vater erzählen sollte, was der Tscho mir eingebrockt hat. Er könnte vielleicht den Primar um Hilfe bitten. Der war ihm sowieso wegen dem Privatzimmer einen Gefallen schuldig. Der Primar kannte bestimmt einen Arzt im anderen Krankenhaus, rief den kurz an, von Kollege zu Kollege, und der rief dann die Elsa an, und ich war aus dem Schneider. Aber ich wollte meinem Vater keine Probleme machen. Außerdem war es morgen noch früh genug. Ich hatte einen gewissen Hang dazu, unangenehme Sachen auf den nächsten Tag zu verschieben.

Da mir sonst auch nicht viel einfiel und wir schon ausgetrunken hatten, spazierten wir ein bisschen herum und suchten uns eine Bank, die zur Hälfte im Schatten lag. Jeder hing seinen Gedanken nach, ohne sie dem anderen mitzuteilen. Manchmal seufzte ich, manchmal seufzte er. Manchmal seufzte aber auch keiner.

»Stell dir vor, wer mich besucht hat«, sagte mein Vater.

»Wer?«

»Der Herzog Hans.«

Der Herzog Hans war der Direktor der Raiffeisenkasse im Dorf. Er hatte ein steifes Bein. Aus dem Krieg vermutlich. Autounfall kam aber auch in Frage. Oder Kinderlähmung.

Mein Vater zog einen Briefumschlag aus seiner Sakkotasche: »Den hat er mir gegeben, wie er sich verabschiedet hat. Ich hab erst hineingeschaut, wie er weg war. Ich glaube, es ist unhöflich, wenn man gleich hineinschaut.«

Ich überlegte, ob das unhöflich war. Bei Geschenkpaketen musste man hineinschauen. Aber vielleicht war es verschieden bei Paketen und Kuverts. Mir fiel ein, dass die Antonia in das Kuvert vom Tscho gleich hineingeschaut hat. Aber nur ein ganz flüchtiger Blick, nicht das Geld gezählt.

»Ich bin ehrlich, ich hab mir gedacht, dass Geld drinnen ist«, sagte mein Vater etwas beschämt. »500 Schilling, hab ich mir gedacht, werden drinnen sein. Weil der Bankdirektor wird mir nicht 100 Schilling geben.« Er starrte mich erschrocken an: »Aber stell dir vor! Es waren 10 000 drinnen. Zehn Tausender! Da sind mir wirklich die Tränen gekommen. Du kennst ja deinen Vater.«

Gerade hatte ich ihn um einen Gefallen bitten wollen, und jetzt bat er mich um einen Gefallen. Ich sollte das Geld mitnehmen und auf sein privates Trinkgeldkonto bei der Volksbank einlegen. Es gab keine andere Möglichkeit, das Geld an der Mutter vorbeizuschmuggeln.

»Außerdem«, lachte mein Vater. »Ich kann es ja nicht gut bei der Bank vom Herzog Hans einlegen. Dass er mir noch Zinsen zahlen muss!«

Ich steckte das Kuvert ein und versprach, es sofort zur Volksbank zu bringen, wenn ich daheim aus dem Postauto stieg.

»Falls du ein Geld brauchst …«

»Nein, nein«, sagte ich. »Ich hab eh auf der Tankstelle gut verdient.«

»Kannst es ruhig sagen, wenn du was brauchst.«

»Ich geh jetzt lieber zum Bus, damit die Bank noch offen ist, wenn ich heimkomme«, behauptete ich.

Er begleitete mich zum Ausgang, wo die Besucher in einem Geschäft, das nicht größer als unser Shop auf der Tankstelle war, kleine Geschenke für die Patienten besorgen konnten. Dort kaufte er einen Blumenstrauß um 17,90 Schilling und sagte: »Die gibst du der Mutti.«

Meine Mutter hasste es, wenn mein Vater für so etwas Geld ausgab. Noch schlimmer als Blumen: Bonbonniere. Hinausgeschmissenes Geld! Ich fragte mich, ob ich die Blumen in die nächste Mülltonne werfen oder morgen dem Tscho mitbringen sollte. Aber wahrscheinlich hielten sie gar nicht bis morgen. Dann konnte ich sie immer noch wegschmeißen. Und schon wieder hatte ich eine schwierige Entscheidung auf den nächsten Tag verschoben.

Mit den Blumen in der Hand und dem Kuvert meines Vaters im Rucksack spazierte ich zu der Spielhalle, die sich unter dem Zentralkino in einem weitläufigen Keller befand. Manchmal, wenn ich es im Internat nicht mehr aushielt, schlich ich mich hierher, um drei Schilling zu verspielen. Höchstens fünf. Da ich aber die ganzen Ferien gearbeitet und gut verdient hatte, verflipperte ich dieses Mal sogar zehn Schilling. Und noch einmal fünf. Aber auch nach einer halben Stunde hatte ich noch kein Freispiel gewonnen. Noch nie hatte ich so viel Geld verspielt. Trotzdem schoss ich noch für zwei Schilling ein paar Hirsche und Rehe tot. Dann fielen mir die Glücksspielautomaten hinter den Billardtischen auf. Bei der Vorstellung, ich könnte die 10 000 Schilling in meinem Rucksack verdoppeln, bekam ich eine Gänsehaut. Ich musste daran denken, dass mein Vater einmal in einer einzigen Nacht 20 000 Schilling beim Kartenspielen verloren hat. Es war eine der vielen Geschichten, die ich auf keinen Fall der Mutter erzählen durfte, so wie ich ihre Geschichten auf keinen Fall ihm erzählen durfte. Obwohl mich Kartenspielen langweilte, fürchtete ich, dass es in mir lauern könnte. Wie eine Krankheit. Womöglich hatte ich es auch in mir. Von der Fresssucht zur Spielsucht. Die 10 000 Schilling in meinem Rucksack kamen mir auf einmal schwerer vor als in Thessaloniki die Pistole vom Tscho. Falls ich sie verspielte, könnte ich versuchen, sie mit den fünfhundert vom Tscho zurückzugewinnen, überlegte ich. Vorsichtshalber verließ ich den Spielkeller. Die Sonne wusch mir den Kopf, und ich dachte nicht mehr daran.

Als ich zum Scania zurückkam, war es schon fast Abend. Vom stundenlangen Herumspazieren taten mir die Beine weh. Ich stellte die schon ziemlich kaputten Blumen in den Wassertopf und musste daran denken, wie der Tscho in Griechenland die Luftblasen beobachtet hatte. Im Rucksack meiner Mutter fand ich noch eine halbe Packung Leinsamenbrot und zwei Dosen Thunfisch und drei hartgekochte Eier. Außerdem hatte ich noch zwei Paprika aus Bulgarien. Obwohl es noch nicht einmal Zeit zum Abendessen war, aß ich alles auf. Immerhin hatte ich das Mittagessen ausgelassen. Dann verzog ich mich in meine Koje und schlief sofort ein.

Beim Aufwachen schaute ich auf die Omega-Uhr und staunte: 13 Stunden! Ich wunderte mich, dass man so tief schlafen konnte. Draußen wurde es schon wieder hell. Aber das Licht war nicht der Grund, dass ich aufwachte. Ich wachte auf, weil die Elsa an die Seitenscheibe klopfte.

# 49

Noch nie in meinem Leben war ich so schnell angezogen. Es war mir peinlich, dass sie mich in so einem Zustand überraschte. Man ist kein erfreulicher Anblick, wenn man 13 Stunden bewusstlos war. Sie schaute auf der Fahrerseite herein, also kurbelte ich zuerst einmal das Beifahrerfenster hinunter, während mein Hirn mit jeder Kurbelumdrehung fieberhafter an einer Erklärung arbeitete. Wie war es möglich, dass die Elsa vor der Lastwagentür stand? Hatte der Tscho kalte Füße bekommen und sie doch noch angerufen? Hatte er das Vertrauen in mich verloren? Hatte mich schon wieder einer zum Schweigen verpflichtet, um alles brühwarm weiterzuerzählen? Vielleicht unter Medikamenteneinfluss. Oder die Ärzte waren misstrauisch geworden und hatten ihm nicht geglaubt, dass dieser Schwager seine Kontaktperson war. Ich fragte mich, wieso die Ärzte nicht respektierten, wenn einer seinen Schwager als Kontaktperson in die Papiere schrieb. Sie konnten doch nicht wissen, dass er gar keinen Schwager hatte. Das ging sie doch überhaupt nichts an.

»Mach auf!«, schrie die Elsa durch das geschlossene Fahrerfenster.

»Gleich«, sagte ich, während ich nur einen Spalt auf ihrer Seite öffnete. Ein paar Sekunden wollte ich dem Luftzug noch geben. »Ich muss erst den Schlüssel suchen.«

»Was?«

Ein kleiner Scherz war immer gut, wenn man Zeit gewinnen wollte. Oder die Fassung wiederfinden. Oder sich den Schlaf aus den Augen wischen. Dann nahm ich noch schnell einen Schluck aus der Mineralwasserflasche. Man musste immer auf den ersten Kuss vorbereitet sein. All das binnen fünf, sechs Sekunden.

Doch bevor ich den Fahrersitz geräumt hatte, um sie endlich hereinzulassen, schwang sie sich schon von der anderen Seite auf den Beifahrersitz. Durch das offene Beifahrerfenster hatte sie die Tür mit einem Handgriff entsperrt. Entweder war sie heute sehr ungeduldig, oder sie wollte mir das Hinüberrutschen ersparen, oder sie wollte mir eine reißen.

Ohne die Beifahrertür hinter sich ganz zuzuziehen, drehte sie sich zu mir, stützte die Hände auf ihre Oberschenkel, bewegte ihr Gesicht ganz nah an meines und schaute mich an wie einen Geistesgestörten.

»Ihr macht Sachen!«, sagte sie und schüttelte den Kopf.

»Wie kommst denn du auf einmal da her?«

»Da wunderst dich, gell.«

»Woher weißt du, wo wir sind?«

»Von dir nicht.«

Sie war sauer. Aber nicht richtig sauer. Sie hat eher so geredet, wie wenn man wem einen Boxhieb gibt, aber nicht so fest, wie man könnte. Möglicherweise wurde ihr gerade bewusst, dass sie verliebt war. Zumindest mir wurde es wieder einmal bewusst.

Sie lehnte sich zurück, stieß die Luft erschöpft aus wie die Luftdruckbremse des Scania nach einer langen Fahrt und starrte so müde durch die Windschutzscheibe hinaus, als würde sie schon eineinhalb Tage im Stau stehen.

»Wenn du mir nicht gezeigt hättest, wie ich in den Werkzeugkeller vom Tscho komme, hätte ich die Post nie gefunden.«

»Was für eine Post?«

»Die Krankenhauspost, die er vor mir versteckt hat.«

»Bei den Sexheften?«

»Sexhefte waren gar keine in der Schublade. Nur die Briefe aus dem Krankenhaus. Die Befunde. Und der Operationstermin.«

»Da waren sie also«, sagte ich und musste an das Telefonat mit der Nachtschwester denken. »Wie spät ist es?«

»Halb sieben.«

»Halb sieben? Dann wird er gleich operiert. Er hat gesagt, sie operieren immer ganz früh.«

Für einen Moment verflogen die Sorgen aus ihrem Gesicht, und sie musterte mich lächelnd: »Bist du noch nicht richtig wach? Es ist Abend!«

»Abend?«

»Ja, sicher!«

»Aber ich kann doch nicht 24 Stunden geschlafen haben.«

Sie drehte sich wieder zu mir, schaute komisch, klopfte mir mit ihren Fingerknöcheln aufs Hirn und rief: »Hallo!«

»Was?«

»Du hast wahrscheinlich eine Stunde geschlafen«, lachte sie. »Und jetzt kennst dich nicht aus. Der Tscho ist erst heute Vormittag ins Krankenhaus.«

»Wahnsinn. Ich hab geglaubt, es ist schon der nächste Tag.«

»Morgen wird er operiert. Tomorrow morning!«

»Sehr gut.« Trotz allem freute ich mich, dass sie es richtig gesagt hat. »Und besuchst du ihn heute noch?«

»Ich komm gerade aus dem Krankenhaus. Sonst wüsste ich doch gar nicht, wo du bist. Der Tscho hat genauso dumm geschaut wie du, wie er mich im Krankenhaus gesehen hat.«

»Wieso hast du ihm eigentlich alles verraten?«

»Was?«

Ich schüttelte den Kopf. Dafür war jetzt nicht der richtige Moment. Es war mir nur so herausgerutscht.

»Es tut mir so leid, dass dich der Tscho da hineingezogen hat«, sagte sie und legte die Hand auf meinen Oberschenkel. »Dieser Spinner.«

»Jetzt fängst du auch schon mit dem Entschuldigen an«, sagte ich lässig.

Sie schaute mich nachdenklich an, und ich hätte gern gehabt, dass sie mich länger so anschaut. Aber dann zwickte sie mich ins Knie und sagte: »Weißt du was? Jetzt gehen wir irgendwo was essen. Sonst fall ich noch um. Heute hab ich noch überhaupt nichts hinuntergebracht. Ich lade dich ein.«

»Ich bin total satt.«

»Dann trinkst halt nur was.«

»Okay. Einen Kaffee.«

Ich konnte mich immer noch nicht richtig damit anfreunden, dass es Abend war und nicht früher Morgen.

# 50

»Willst du fahren oder gehen?«, fragte sie und deutete mit ihrem Autoschlüssel auf den R5, der auf dem Lastwagenparkplatz aussah wie ein oranges Matchbox-Auto. Aber ich war noch nicht wach genug, um schnell genug »fahren« zu antworten, bevor sie selbst sagte: »Gehen wir einfach ein Stück. Dann werden wir schon wo vorbeikommen.«

Der erste Schritt erinnerte mich daran, dass mir an diesem Tag schon ein Marathonspaziergang in den Knochen steckte. Zum Glück war sie auch nicht übertrieben schnell unterwegs. Sie hing ihren Gedanken nach und sagte nur manchmal so Sachen wie: »Ihr seid mir zwei« oder »Mit euch macht man was mit«.

Wir setzten uns in den erstbesten Gastgarten, an dem der Verkehr vorbeipfiff. In den Ästen der staubigen Kastanie hingen ein paar bunte Glühbirnen, und die am Stamm befestigte Schiefertafel pries das Gericht des Tages an. Als die Elsa ihren Kopf nach der Tafel drehte, wunderte ich mich wieder einmal, wie dünn ihr Hals war. Da konnte nicht einmal eine Antonia mithalten.

»Einen Schinken-Käse-Toast könnte ich ja essen«, sagte sie dann, obwohl kein Schinken-Käse-Toast auf der Tafel stand, sondern ein Herrengulasch. Gulasch war etwas vom Schlimmsten. Alles mit Sauce war etwas vom Schlimmsten. Toast allerdings auch. Aber die Elsa konnte es sich ja leisten.

»Schinken, Käse oder Schinken-Käse?«, fragte die Kellnerin freundlich, weil die Elsa nur »Einen Toast« bestellt hatte.

»Schinken-Käse. Mit Ketchup, bitte.«

»Ketchup ist sowieso immer dabei.«

Ich war erleichtert, dass es bei meinem Kaffee nicht so viele Diskussionen gab. Aber als die Kellnerin mit dem Toast kam, lachte sie: »Jetzt hab ich deinen Kaffee vergessen!« Sie schüttelte den Kopf. »Mein Gott! Manchmal frag ich mich schon.«

Die Elsa schaute unschlüssig auf ihren Teller. Vielleicht konnte sie sich nicht entscheiden, ob sie den Toast mit der Hand essen oder das Besteck verwenden sollte.

»Magst du die Hälfte?«

»Nein danke.«

»Schau dir das an, sie hauen den Salat auf denselben Teller, und dann wird der ganze Toast gatschig.«

Noch nie hatte ich sie in diesem überdrüssigen Tonfall reden gehört. Da verstand ich erst, wie sehr das Ganze sie mitgenommen hatte. Das Aufstöbern der Krankenhauspost im Werkzeugkeller. Die Unklarheit und die Sorgen. Die Kontaktaufnahme mit dem Krankenhaus. Das Warten auf den Tscho. Sie schob eine der diagonal geschnittenen Toasthälften auf den trockenen Tellerrand, die andere nahm sie in die Hand, tauchte die Spitze in das Ketchup und biss ab. Aber sie aß so langsam, dass ich meinen Kaffee schon ausgetrunken hatte, bevor sie bei der Hälfte der ersten Hälfte war. Ich bezweifelte, dass sie jemals bei der zweiten ankommen würde. Sie kaute so konzentriert und starrte dabei auf den Toast in ihrer Hand, als müsste sie wie ein Geometer nach jedem Bissen die verkleinerte Fläche neu berechnen.

»Was habt ihr überhaupt gemacht in Griechenland?«

»Kühlschränke geliefert.«

»Und sonst?«

»Er hat mir die Stelle gezeigt. Wo er mit dir auch einmal war.«

»Was für eine?«

»Von dem Foto, das du in der Küche hast.«

Sie nickte auf die Art, wo man den Kopf zuerst langsam hebt und dann zurücksinken lässt.

Die Antonia erwähnte ich natürlich nicht. Das Paradiz auch nicht. Wenigstens einer von uns musste ja seine Versprechen halten und nicht alles weitererzählen.

»Wieso hast du eigentlich dem Tscho alles von uns verraten?«, fragte ich.

»Hab ich gar nicht.«

»Woher weiß er dann alles?«

»Er ist mein Mann. Seinem Mann erzählt man alles.«

»Jetzt hast es zugegeben.«

Sie schüttelte müde den Kopf, als wäre es zu kompliziert, mir das zu erklären, und sagte: »Was heißt ›Toast‹ auf Englisch?«

»Toast.«

»Toast? Ehrlich?«

»Sicher.«

»Toast«, wiederholte sie, als wäre es doch nötig, sich das Wort einzuprägen. »Schön ist es da, gell.«

Ich schaute mich um, und obwohl die Tische fast so abgeblättert waren wie die Mauerschrift auf dem Paradiz und die meisten Glühbirnen nicht brannten und der Gastgarten direkt an der Ausfahrtsstraße lag und der Toast auf dem Salatteller serviert wurde und es langsam ziemlich frisch wurde, nickte ich.

»Nicht hier!«, lachte sie. »Da am Meer, wo ihr gewesen seid. Seid ihr geschwommen auch?«

»Sicher.«

»Sicher, sagt er.« Sie schaute mich amüsiert an. »Bei mir gehst nie ins Wasser. Ich hab schon geglaubt, du bist wasserscheu.«

»Hast du auch mit den Ärzten geredet?«

»Ja, klar. Mit dem Chefarzt.«

»Und was sagt er?«

»Gottseidank haben sie es früh genug gefunden«, erzählte sie. »Der Chefarzt sagt, er hat gute Chancen. Aber ganz genau kann man es erst nach der Operation sagen.«

»Morgen wissen wir mehr«, sagte ich, als wäre das ein Trost.

»Tomorrow.«

Ich nickte und sagte nichts mehr.

»Ich weiß, dass er wieder gesund wird!«, sagte sie.

»Sicher.«

»Tut mir leid, dass ich ihm alles erzählt habe.«

»Macht nichts.«

»Aber ich wollte ja, dass er dich mitnimmt. Damit du auch einmal hinauskommst. Weil du noch nie wo warst.«

Ich fragte mich, ob ich mich freuen oder vor den nächsten Lastwagen werfen sollte.

# 51

»Unten kann ich nicht schlafen«, sagte die Elsa und legte sich auf die obere Pritsche, wie sie es von ihren Fahrten mit dem Tscho gewohnt war.

»Mir ist es egal«, antwortete ich. »Heute kann ich sowieso nicht einschlafen.«

»Wir müssen schon schlafen. Das hilft dem Tscho auch nicht, wenn wir nicht schlafen.«

»Mein ganzer Rhythmus ist durcheinander, weil ich vorher eingeschlafen bin. Jetzt bin ich wach.«

Außerdem war es komisch, auf dem Platz vom Tscho zu liegen. Ich starrte mit den Augen vom Tscho zur oberen Pritsche hinauf, von wo aber nicht meine Stimme kam, sondern die von der Elsa: »Der Tscho wird schon schlafen«, sagte sie. »Dem haben sie bestimmt was gegeben.«

»Glaubst?«

Dass sie ihm ein Schlafmittel gegeben haben könnten, erschien mir auf einmal fast schlimmer als die ganze Operation. Um diese Gedanken zu vertreiben, sagte ich: »Wenn wir morgen ins Krankenhaus gehen, können wir uns vielleicht gleich erkundigen wegen der Schwesternschule.«

»Ob ich dafür morgen die Nerven habe?«

»Nur, wenn es leicht geht.«

»Schlaf jetzt lieber.«

»Ich kann nicht schlafen.«

»Wenn du redest, wirst nicht einschlafen.«

»Ich kann ja schauen, ob ein Prospekt herumliegt.«

»Was für ein Prospekt?«

»Für die Krankenschwesternschule. Auf der Station.«

»Wieso soll da ein Prospekt herumliegen?«

»Ein Informationsblatt vielleicht. Sie suchen Krankenschwestern. Hab ich im Radio gehört.«

»Jaja. Aber nur mit Schulabschluss.«

»Den machst du ja.«

»Werden wir alles sehen. Jetzt müssen wir einmal schlafen.«

»Glaubst du wirklich, dass sie dem Tscho was gegeben haben?«

»Sei still jetzt. Gute Nacht.«

»Gute Nacht.«

Ich fragte mich, ob die Elsa auf der Seite schlief oder auf dem Rücken oder auf dem Bauch. Diese Gedanken trugen auch nicht dazu bei, dass ich einschlief. Auch sie schien nicht schlafen zu können und drehte sich immer wieder von einer Seite zur anderen. Dann schnäuzte sie sich wieder, dann seufzte sie und drehte sich um. Ich dagegen lag still auf dem Rücken und starrte zu der hellgrauen Metallplatte hinauf. Aber ich traute mich jetzt nichts mehr zu sagen. Obwohl ich noch viel gewusst hätte.

»Was heißt ›Gute Nacht‹ auf Englisch?«, fragte sie, als ich gerade glaubte, dass sie endlich eingeschlafen ist.

»Good night.«

»Good night. Das ist leicht.«

Dann sagte sie noch einmal »Good night«, denn vorher hatte sie es nur wiederholt, und jetzt sagte sie es richtig zu mir.

»Good night«, antwortete ich.

Als ich mithilfe der Kalorientabelle doch langsam schläfrig wurde und schon die Werte von Karotten gekocht und gedünstet durcheinanderbrachte, warf sie sich so unwillig auf die Seite, dass die Pritsche wackelte. »Ich kann nicht schlafen«, stöhnte sie.

»Ich auch nicht.«

»Heiß ist es da herinnen.«

»Darfst dich nicht so fest zudecken«, sagte ich.

»Auf die Idee wäre ich jetzt gar nicht gekommen!«

Um nicht so blöd dazustehen mit meinem guten Rat, erzählte ich ihr, dass ich mich als kleines Kind immer bis über den Kopf zudeckte.

»Vor was hast dich denn gefürchtet?«

»Weiß ich nicht mehr. Vor der Nacht einfach. Dann hat meine Mutter das einmal bemerkt und erschrocken gesagt: ›Da erstickst du ja!‹«

»Hast dich komplett zugedeckt?«

»Ja. Damit mich die Einbrecher nicht finden vielleicht. Aber weil meine Mutter das gesagt hat, hab ich mich dann zusätzlich vor dem Ersticken gefürchtet. Sie hat es ja nicht so gemeint, aber ich hab es total ernst genommen.«

»Kinder sind so«, sagte die Elsa.

»Aus Angst vor der Nacht hab ich mich ganz zugedeckt, aber weil ich ganz zugedeckt war, hatte ich Angst vor dem Ersticken.«

Ich hörte, wie die Elsa sich auf die andere Seite drehte, ohne etwas zu sagen.

»Damit ich nicht ersticke, hab ich jeden Tag ein bisschen mehr von meinem Kopf herausschauen lassen. In der ersten Nacht nur die Haarspitzen, dann immer mehr, mit der Zeit die ganze Stirn und so weiter. Nach ein paar Tagen war dann die Decke schon unterhalb der Nase. Jetzt war es nicht mehr so gefährlich mit dem Ersticken. Aber ich wollte auf Nummer sicher gehen und hab noch weiter daran gearbeitet, damit ich notfalls auch durch den Mund Luft bekomme. Falls die Nase verstopft ist. Und irgendwann war der ganze Kopf im Freien.«

Ich horchte, ob die Elsa schon schlief, war mir aber nicht sicher.

»Aber meine Angst vor dem Ersticken ist nicht kleiner geworden, und ich hab mich gefragt, ob das reicht, wenn der Kopf im Freien ist. Ich hab mir vorgestellt, dass vielleicht das Federbett auf der Brust den Zustrom der Luft zum Gesicht blockiert. Meine Tuchent ist mir zu bauschig vorgekommen. Obwohl ich sie extra flach gedrückt habe. Die Luft ist vielleicht nicht daran vorbeigekommen. Also hab ich sie noch ein bisschen weiter hinuntergeschoben. Jede Nacht ein Stück weiter. Ich hab mir überlegt, ob unter dem Kinn schon genug Strömungsfreiheit war. Man weiß ja nicht, wie viel Platz die Luftströme im Notfall brauchen. Wie ein Dirigent hab ich mit meinen Armen in der Dunkelheit versucht, die Luftströme nachzumachen. Also, wie die Luft eben so daherströmt aus dem Raum und über meine Brust Richtung Nase, ob da genug Platz ist für das Strömen.«

»Flow«, sagte die Elsa.

»Was?«

»Strömen. Flow.«

Es klang fast, als würde sie im Schlaf sprechen. Ich konnte es nicht glauben, dass sie jetzt mit »flow« daherkam, und wusste nicht, was ich darauf sagen sollte.

»Und dann?«, fragte sie.

»Mit der Zeit ist es eine richtige Sucht geworden, dass ich mit immer weniger Decke auskommen wollte. Sicher ist sicher. Aber dadurch hat sich ein neues Problem ergeben. Weil mir in der Nacht immer so kalt geworden ist. Und einmal bin ich mitten in der Nacht aufgewacht und hab nach meiner Mutter gerufen und gejammert, dass mir so kalt ist. Ich erinnere mich noch gut, wie erschrocken sie geschaut hat, weil ich so gezittert hab. Sie hat gerufen: Wieso deckst du dich denn nicht zu? Du bist ja komplett abgedeckt! Und ich hab gesagt: Damit ich nicht ersticke.«

An ihren tiefen Atemzügen erkannte ich, dass die Elsa schlief. Reglos belauschte ich ihr Atmen und war stolz, dass sie bei meiner Geschichte eingeschlafen war. Ich durfte nicht vergessen, sie morgen zu fragen, bis wohin sie sich noch erinnern konnte.

# 52

Obwohl sie nur die Elsa zum Arztgespräch aufgerufen haben, bin ich einfach mit hinein. Der Chirurg sah so erschöpft aus, als wäre er selbst operiert worden. Sein fahles Gesicht erinnerte mich an meinen Vater, wenn er nach dem Mittagsgeschäft zur Zimmerstunde nach Hause kam. Da ich einen Blick dafür hatte, vermutete ich, dass der Chirurg auch trank. Vielleicht schaffte er es nur so, eine ruhige Hand zu haben. Er rauchte auch während des Gesprächs und rieb sich mit der anderen Hand ein paarmal so fest die Augen, dass seine Brille zu den Augenbrauen hinaufrutschte. Aber das, was er von der Operation erzählte, war sehr in Ordnung.

»Wir dürfen zuversichtlich sein«, sagte er und nickte ein paarmal, als würde er innerlich noch einmal überprüfen, was er gerade gesagt hat. »Wir müssen zwar noch abwarten, aber soviel man im Augenblick sagen kann –«

Statt den Satz zu beenden, zog er an seiner Zigarette. Die Elsa drückte erleichtert meinen Handrücken, und der Arzt lächelte mir müde zu: »Und Sie sind also der Schwager, junger Mann.«

Ich nickte in einer Weise, die so viel heißen sollte wie: Ich weiß schon, dass du inzwischen weißt, dass ich nicht direkt der Schwager bin, aber tun wir der Einfachheit halber so, denn du bist bestimmt auch froh, wenn wir bald wieder draußen sind, damit du einen Schluck nehmen kannst.

Zum Tscho hinein durfte nur die Elsa, damit es ihm nicht

zu viel wurde. Als sie nicht wie angekündigt nach ein paar Minuten zurückkam, ging ich ins Schwesternzimmer und erkundigte mich nach einem Informationsblatt für die Krankenschwesternausbildung.

»Bei uns gibt es das nicht, junger Mann«, sagte die Oberschwester freundlich. »Aber ich schreib dir auf, wo du das kriegst. Die Schule ist nur ein paar Häuser weiter. Willst du Krankenpfleger werden?«

Ich wollte schon sagen, nein, meine Freundin, doch da das Schwesternzimmer ein großes Fenster zum Gang hatte, sah ich die Elsa aus dem Zimmer kommen. Ich bedankte mich für die Adresse und ging der Elsa entgegen. Als sie mich umarmte, fiel mir auf, wie dünn sie war. Ganz dünn. Man hatte Angst, sie zu zerdrücken. Ich hoffte, dass ich für sie auch ein bisschen dünn war. Aber in dem Moment war natürlich gar keine Hoffnung, dass sie es sagen würde.

»Wie geht es ihm denn?«, fragte ich, während mir über ihren Kopf hinweg auffiel, dass die Schwester uns durch das Gangfenster einen Blick zuwarf.

»Es geht ihm eh nicht so schlecht. Aber müde ist er schon. Gehen wir einmal da raus. Ich brauch ein bisschen frische Luft.«

Draußen hat es so leicht getröpfelt, dass man nicht einmal nass wurde.

»Tut mir leid, dass ich dich nicht heimbringen kann«, sagte die Elsa. Sie hatte sich für ein paar Tage ein Zimmer in einer Frühstückspension in der Nähe vom Krankenhaus genommen. »Das ist komisch in dieser Pension«, sagte sie. »Da wohnen nur Leute, die Angehörige im Krankenhaus haben.«

»Ich muss eh langsam dusen«, sagte ich. »Der Bus geht in einer halben Stunde.«

»Dann geh ich noch mit dir zur Haltestelle.«

»Aber es tröpfelt.«

»Es hat schon wieder aufgehört«, sagte sie und streckte zum Beweis die Hand aus. Mit dem anderen Arm hakte sie sich bei mir unter: »Ist eh gut, dass die Hitze vorbei ist. September gefällt mir immer am besten.«

»Dafür geht dann die Schule wieder los.«

»Wann musst du wieder hinaus?«

Es war komisch, dass sie »hinaus« sagte, da wir ja schon heraußen waren in der Hauptstadt mit ihren Krankenhäusern und Schulen und Blindenheimen und Nervenheilanstalten und Lastwagenparkplätzen. Zuerst musste ich einmal hineinfahren, mit dem Bus über das deutsche Eck, und meine Sachen holen, damit man überhaupt von einem Hinausfahren reden konnte.

»Übermorgen.«

»Übermorgen schon?«

»Ja.«

»Tomorrowtomorrow«, erfand sie und schaute mich bedauernd an: »Wird dich auch nicht freuen, oder?«

»Nein, ich wäre lieber mit dem Tscho nach Teheran gefahren.«

»Das glaub ich. Aber mit dem Tscho möchtest jetzt auch nicht tauschen.«

»Doch«, sagte ich.

Aber sie hat so getan, als hätte sie das nicht gehört, und sagte nur: »Bald hast die Matura, dann stehst fein da.«

Als wir schon bei der Haltestelle waren, druckste sie ein bisschen herum und sagte schüchtern: »Ich soll dich vom Tscho etwas fragen.«

»Was denn?«

»Er hat gesagt, er hat es dir zu verdanken –« Sie bekam feuchte Augen und schluckte ein paarmal, bevor sie weitersprach: »– dass er noch lebt. Er wollte sich erschießen und –«

»Gegegeh«, unterbrach ich sie.

Ich war ihr dankbar, dass sie nicht zu weinen anfing, sondern weitererzählte: »Er hat es sich anders überlegt, weil du ihm so was Gutes gesagt hast.«

»Die Pistole hab ich weggeschmissen. Das war alles«, sagte ich lässig, um das Thema zu beenden.

»Vom Gott.«

»Was?«, fuhr ich sie an. »So ein Blödsinn!«

Die Elsa ließ sich aber nicht abbringen: »Das hat ihm erst die Hoffnung gegeben«, behauptete sie. »Aber er kann sich nicht mehr erinnern, was es war.«

»Was *was* war?«

»Was du ihm da gesagt hast. Vielleicht durch die Narkose. Die macht vergesslich. Namen fallen ihm auch keine ein. Aber das, was du ihm da gesagt hast, hat er komplett vergessen. Seit er aufgewacht ist, versucht er sich zu erinnern. Und er möchte unbedingt, dass ich es ihm morgen erzähle.«

»Ich hab überhaupt nichts gesagt.«

»Vom Gott! Das musst du doch noch wissen. Ist ja erst ein paar Tage her.«

»Nein, ehrlich. Keine Ahnung. Wir haben nur so geredet.«

Sie schüttelte ungläubig den Kopf, als würde ich sie absichtlich ärgern, und ich versprach ihr, darüber nachzudenken. Dann gab ich ihr den Zettel: »Das ist die Adresse von der Schwesternschule, da kannst du dich informieren.«

»Ja, das mach ich. Tomorrow.«

Ich war dann fast froh, dass der Bus zu früh daherkam und ich mich beeilen musste. »Sag dem Tscho einen schönen Gruß«, rief ich beim Einsteigen. »Ich besuch ihn nächste Woche einmal.«

Der Fahrer verlangte meinen Pass, bevor er die halbe Fahrkarte herausrückte, weil er bezweifelte, dass ich unter vierzehn war. Er ahnte nicht, was für eine Freude er mir damit machte. Dann schmiss ich mich auf den erstbesten Sitz und fragte mich, warum es im Scania so super war und im Postautobus so beschissen. Als der Bus anfuhr, winkte ich der Elsa lässig zu, indem ich die Hand träge hob wie der Tscho, wenn ihm ein anderer Fernfahrer entgegenkam. Sie lächelte nur und sagte etwas zu mir, das ich durch die geschlossene Scheibe und hinter dem Diesellärm unmöglich hören konnte.

Während der ganzen Heimfahrt versuchte ich, diesen Moment in meinem Gedächtnis wie einen Film abzuspielen, so präzise, dass ich es von ihren Lippen ablesen konnte. Aber es war genauso aussichtslos wie der Versuch, mir vorzustellen, was ich dem Tscho gesagt haben könnte.

# 53

Meine Mutter starrte mich an, als wäre ich ein Gespenst. Für einen tödlich Verunglückten schaute ich offenbar etwas zu fröhlich aus der Wäsche. Büßen musste es der Rucksack. Der wurde ausgeweidet, als wäre er schuld an allem. Mehr als ein paar Wäschestücke, zwei leere Blechdosen und die Thermosflasche warf er aber nicht ab. Ich war froh, dass ich das Geld meines Vaters schon bei der Volksbank deponiert hatte.

Zum Glück hatte ich die Möglichkeit, mich in das Badezimmer zu verziehen. Ich ließ heißes Wasser in die Wanne und drehte den Kassettenrekorder so laut auf, dass die Musik das Wasserrauschen übertönte. Es war aber schwer, an etwas anderes zu denken als daran, dass die Ferien vorbei waren. Übermorgen musste ich wieder in das Internat. Hinaus, wie die Elsa gesagt hatte. Tomorrowtomorrow. Ich blieb eine halbe Stunde im Wasser, als könnte ich die Ferien verlängern, wenn ich einfach nicht mehr an Land ging. Wie immer badete ich so heiß, dass die Fensterscheiben und der Spiegel komplett beschlagen waren. Auch die Fliesen waren so beschlagen, dass die Tropfen herunterliefen, und man konnte nicht mehr genau sagen, wo das Wasser aufhörte und wo die Luft anfing. In so einer Atmosphäre konnte man sich vorstellen, dass man nie wieder hinausmusste. Die Kassette eierte auch so stark, als wollte sie sich über ihre 45 Minuten hinausdehnen. Ich versuchte mir zu erklären, was der Tscho von mir gehört haben könnte. Aber es blieb ein Geheimnis. Secret.

Mir fiel zum ersten Mal auf, dass ich fast keine Ölspuren mehr an den Fingern hatte. Ich fragte mich, ob es an der stetigen Erneuerung der Hautzellen lag oder am Meerwasser, in dem ich geschwommen war. Oder am Schweiß und alltäglichen Abrieb. Je 33,3 Prozent, entschied ich. Aber nicht periodisch, denn 0,1 Prozent Dreck hatte ich ja noch. In den Nagelbetten, die immer zuletzt sauber wurden. Um nicht an den Mathematiklehrer denken zu müssen, tauchte ich meinen Kopf unter.

Ich dachte noch einmal an die Spaghetti in Triest. Und an das Weißbrot. Und an den Parmesan. Und an die gefüllten Paprika in Bulgarien. Und an die Ražnjići. Und an die Pommes frites. Und an die halbe Pizza. Und an das komplette Zusammenfressen sämtlicher Rucksackvorräte am letzten Abend, bevor die Elsa an das Scaniafenster klopfte. Ich konnte es kaum glauben, dass das erst einen Tag her war.

Und weil jetzt schon alles egal war, erteilte ich mir eine Sondergenehmigung. Am Ende der Ferien und nach dem ganzen Durcheinander durfte man auch einmal eine Ausnahme machen und sich am Abend auf die Waage stellen. Dass ich wegen der Griechenlandfahrt so knapp vor der 80-Kilo-Schallmauer vom konsequenten Weg abgekommen war, ärgerte mich. Andererseits hatte es mir bestimmt nicht mehr als zwei, drei Kilo hinaufgehaut. Hoffte ich. Mit an Sicherheit grenzender Wahrscheinlichkeit wog ich nicht mehr als 83 Kilo. Dann wäre ich immer noch zehn Kilo unter dem Ausgangsgewicht, und am Anfang der Ferien hatte ich von neun geträumt.

So wie der Spiegel und die Fensterscheiben war auch das Anzeigenfenster der Waage vom Dampf des Badewassers beschlagen. Ich wischte es ab und überzeugte mich, dass der Zeiger exakt auf null stand. Dann stellte ich mich todesmutig hinauf. Aber mit geschlossenen Augen. Dann öffnete ich die Augen.

Kaum dass ich sie geöffnet hatte, kniete ich schon wieder neben der Waage und überprüfte die Einstellung. Es war aber nichts verrutscht, der Zeiger durchschnitt die Null exakt in der Mitte. Die Waage stand auf keiner Fliesenfuge, und auch sonst war alles in Ordnung. Erst nachdem ich alles dreimal überprüft hatte, stellte ich mich wieder hinauf. Aber ich hatte wieder 78 Kilo.

Wie immer, wenn ich das Ergebnis nicht glauben konnte, begann ich, die Stellungen zu variieren. Nach den üblichen Varianten, bei denen ich mich etwas weiter hinten oder vorn auf die Waage stellte, etwas breitbeiniger oder mit völlig geschlossenen Beinen, X- oder O-beinig, V- oder A-füßig, kam ich zu der Übung, die in meinem Badezimmerwaagenkamasutra »Der Sturm« hieß. Als wäre ich einem ständig die Richtung ändernden Sturm ausgesetzt, stemmte ich mich dem Wind entgegen, bis er so stark wurde, dass ich mich wie ein kluger Baum nach hinten drängen ließ, wo mich in letzter Sekunde ein Rückenwind auffing und wieder langsam nach vorn trieb in den Willensbereich der mich nach links und rechts beugenden Seitenwinde. Doch noch nie hatte der Sturm es mit so einem leichten Gegner zu tun gehabt. 78 Kilo. Höchstens einmal ein halbes Kilo mehr, dann wieder ein halbes weniger, wenn der Kippwinkel extrem wurde. Da sämtliche Positionen, die ich im Lauf dieses Sommers ausprobiert hatte, nichts änderten, entwickelte ich spontan neue Figuren. Ich stellte mich einbeinig auf die Waage, diagonal, im rechten Winkel, verkehrt herum, im Zehenstand, im Fersenstand. Handstand konnte ich nicht.

Als mir keine Varianten mehr einfielen, sprang ich auf die Waage, dass die Ziffernscheibe hysterisch in die

Höhe schoss, wieder zurück, wieder hinauf, bis sie nervös zuckend zur Ruhe kam und sich auf 78 einpendelte. Schließlich stieg ich mit der Konzentration eines Schispringers, der sein Schicksal der unerbittlichen Anlaufspur übergibt, auf die Waage, strich mir die nassen Haare nach hinten, ging in die tiefe Hocke und raste mit 78 Sachen Richtung Abgrund. Für den perfekten Telemarkaufsprung riskierte ich sogar eine Kniebeuge auf meinem linken Bein, das ich mir schon viermal gebrochen hatte, balancierte mit seitlich weggestreckten Armen und erzielte elegante 78 Kilo. In dieser Haltung blieb ich, bis der Jubel des Publikums aufbrandete.

Dann packte ich die Waage und hielt sie jubelnd in den Spiegel, so wie ein Olympiasieger seine Medaille in die Fernsehkamera hielt oder ein Schwergewichtschampion seinen Weltmeistergürtel oder ein Fußballweltmeister seinen schweren Pokal. Vom heißen Badewasser war der Spiegel aber immer noch so beschlagen, dass man überhaupt nichts sehen konnte.

Damit sich die blinde Schicht vom Spiegel verzog, öffnete ich das Fenster. Es faszinierte mich immer, wie sanft und lautlos die frische Luft den Nebel vom Spiegel zog. Wie mühelos im Vergleich zu meinem Freikratzen der vereisten Windschutzscheibe, in der mir vor einem halben Jahr, am dritten Tag der Energieferien, die Elsa erschienen war. Noch war der Spiegel komplett beschlagen. Aber am fensterseitigen Rand begannen sich die ersten Millimeter aufzulösen. So wartete ich, bis ich zum Vorschein kam.

# 54

Als ich vier Jahre nach meinem Besuch im Paradiz meine Unschuld endlich auch im eigentlichen Sinn des Wortes verlor, machte ich eine interessante Entdeckung. Manchmal ist es schwer zu akzeptieren, dass zwischen zwei Ereignissen mit an Sicherheit grenzender Wahrscheinlichkeit kein Zusammenhang besteht. Es war der 20. Juni 1978, ein »DI«. Und als ich am nächsten Morgen mit dem berauschenden Gefühl erwachte, von nun an mit einem unsichtbaren »DI« auf der Stirn durchs Leben zu gehen, hörte ich aus den Radionachrichten, dass an diesem Dienstag um 23:03 Uhr Thessaloniki von einem verheerenden Erdbeben heimgesucht wurde.

Meine Mutter notierte mit dem Kugelschreiber die Zahl der Todesopfer und die Höhe der Spenden, das Fernsehen zeigte Bilder von der zerstörten Stadt, und ich zeigte meiner Freundin die 36 Fotos, die ich vier Jahre zuvor bei der Einfahrt nach Thessaloniki durch das offene Beifahrerfenster geschossen hatte. Trotz des erschütternden Unglücks musste sie lachen, weil ich die Kameratasche in meiner Aufregung nicht weit genug geöffnet hatte, sodass jedes Bild zur Hälfte das rote Innenfutter der Kameratasche zeigte. Ihr Lachen war zu schön, um davon gekränkt zu sein.

Ein paar Wochen später brachte mein Vater, der seine früheren Süchte durch eine exzessive Spaziersucht ersetzt hatte, von einem seiner zahllosen Besorgungsgänge die Bezirkszeitung nach Hause. Dort las ich einen stolzen Artikel über einen Hilfsgütertransport nach Thessaloniki, den eine Krankenschwester mit ihrem Mann, einem Spediteur, auf die Beine gestellt hatte.

Auf dem Schwarzweißfoto standen der Tscho und die Elsa vor dem Scania in der zerstörten Hafenstadt. Da sie bald nach der Operation in das übernächste Nachbardorf gezogen waren, wo der Tscho einen kleinen Betrieb übernehmen konnte, war es das erste Mal, dass ich die beiden wiedersah. Sie hatten sich in den vier Jahren kaum verändert. Sogar die dritte Person auf dem Foto, die von der Zeitung nur als griechische Helferin bezeichnet wurde, kannte ich.

Die Elsa stand vor der offenen Scaniatür und drückte den Tscho mit dem linken und die Antonia mit dem rechten Arm an sich. Obwohl sie in den Trümmern eines völlig zerstörten Hauses standen, strahlten sie in die Kamera. Vielleicht brachte die übermütige Tochter sie zum Lachen, die mit ihren langen Haaren die Straße kehrte, um zwischen den Knien hindurch in die Ferne zu blicken. Rückwärts durch die Knie betrachtet war die Welt schon immer am interessantesten.

Wolf Haas wurde 1960 in Maria Alm am Steinernen Meer geboren. Seine Brenner-Krimis erschienen ab 1996 in acht Bänden, zuletzt *Brennerova* (2014). Der Roman *Das Wetter vor 15 Jahren* erschien 2006, *Verteidigung der Missionarsstellung* 2012 bei Hoffmann und Campe. Wolf Haas lebt in Wien.